ケータイを
ヤバい男に拾われて

吉村達也

双葉文庫

目次

第一章　顔面蒼白《そうはく》

1

四月半ばの火曜日、冷え込んだ朝――

目黒《めぐろ》区《く》緑《みどり》が丘《おか》にある東急《とうきゅう》大井《おおい》町線《まちせん》緑が丘駅のホームで、ふたり連れの女子高生のうちひとりがケータイを耳に当てて、白い息を吐いていた。

「あたしー、マリ。これ、ケイコのケータイ借りて話してるの。ちょっと大至急チェックしてほしいんだけど。あたし、部屋にケータイ置き忘れてるよね。……そう、ベッドの枕の下か、机の上かどっちかなんだけど。……早くしてね、学校遅れちゃうから。……あった？　ああ、よかったー」

「ママ～あ」

マリという女の子は安堵《あんど》のため息とともに、隣にいる友だちにオッケーというふうにうなずいた。

「いま、ケータイがないことに気がついて～、もしかしてバスの中に置き忘れたんじゃないかと思って、チョーあせってたの。……え？　部屋がきたない？　そんなこといま言わなくたっていいっしょ。ンでさあ、悪いけど持ってきて。……ちがうよ。駅じゃなくて学校に。一時間目の休み時間に校門のところで待ってるから。……なんでよー、いいじゃん。あんた、どうせヒマしてんでしょ。朝のワイドショー見てるだけなんだから」

母親を「あんた」呼ばわりして、女子高生はつづけた。

「あたし、ケータイないと死んじゃうの。だから、どうしても持ってきて。おねがい、おねがい、おねがい。……ありがと～お～」

母親を説得できたらしく、女の子は急に猫なで声になって礼を言いながら、連れの友だちに向かって肩をすくめた。

「じゃ、一時間目の休み時間ね。遅れないでよ。休み時間、十分しかないんだから。あ、それとそれとそれと～」

せわしない口調で、女の子はつづけた。

「ケータイの中身、絶対見ないでよ。絶対だよ。だって、すぐ見るじゃん、あたしのカバンの中とか、机の引き出しとか。……ちがうねー。ママって、子どものケータイ、絶対見るタイプだねー。実際、見てるし〜。……だから、もう言い訳はいいから、ほんと見ないで持ってきてよ。激ヤバ系の写真とかメールとか、いっぱい入ってるんだから。……ウソ、ウソ、ウソ。そんなのないけど〜、メールの中身、親に見られるとかウザイからあ。んじゃ、よろしくねー。電車きたから、もう切るねー。バイバイ〜」

ホームに滑り込んできた電車に、その女子高生たちといっしょに乗り込みながら、野本《のもと》尚美《なおみ》は笑っていた。いかにもいま風の、高校生と母親の会話が面白かったからである。

三十三歳の尚美が女子高生だったころといえば、もういまから十五年以上も前、一九九〇年代のことになる。その当時もケータイはあったけれど、あくまでそれは大人の仕事道具であって、高校生が持てるようなものではなかった。その後、ケータイ端末がレンタル主流から買い取りとなり、低価格化が一気に進んで、いまでは小学生がふつうに持っている時代になった。中には誘拐対策で、GPS機能付きのケータイを幼稚園児に持たせている親さえある。

ケータイの機能も電話だけでなく、メールもできれば写真も撮れるようになり、ケータイはプライバシーの宝庫になってきた。だから、それを紛失するということは、即座に個人情報の流出につながる。それも、人に見られたら恥ずかしいプライバシーの流出に……。

普及して間もない頃のケータイなら、紛失しても他人に見られるのは、せいぜい自分の携帯番号と登録している電話帳リストぐらいのものだ。しかも電話帳はカタカナ表記のみで、個人が特定しにくかった。しかし、最新機種の機能をフル活用しているケータイを落としたらどうなるか。

電話帳ひとつとっても、登録した人々の名前の表記から始まって携帯番号、メールアドレス、会社や自宅の固定電話番号、ファックス番号、住所、場合によっては誕生日などの詳細個人情報。さらに送受信したメールの内容。留守番電話メッセージ。音声録音メモ。ケータイカメラで撮った写真。スケジュール帳。ToDoリストに書き込まれた「やるべきこと」。アラーム設定から読み取れる生活習慣——等々、進化したケータイの機能を活用していればいるほど、私生活を全面的に拾得者に見られてしまうことになる。

拾った人間が善意の人であるならば、中身を見ずに警察に届け出るだろう。しかし、これだけケータイに個人情報が満載されている時代では、つい好奇心から、拾ったケータイの中身を見てみたくなるのも人の性《さが》だ。その結果、善意の一般人の奥底に眠っていた悪意を目覚めさせることにもなりかねないのだ。

朝のラッシュで混雑した電車に揺られて都心に向かううちに、野本尚美はふと不安になって、自分のケータイがちゃんとあるかどうかを思わず確認した。もちろん、ちゃんとあったけれども、それで不安な気持ちが消えたわけではなかった。

（ケータイって、落としたらほんとうにまずいことになる）

女子高生の会話を思い起こしながら、頭の片隅に、自分に対する警告がよぎった。

（あの写真とか、あのメールとか、消しておいたほうがいい。もしもケータイを失《な》くして、人に見られたりしたら最悪……）

だが、それらの重大なプライバシーは、どこにも保存しないまま消すわけにはいかなかった。

（きょう会社から帰ったら、うちのパソコンにコピーして、それから消そう）

未来を見通すことのできない尚美にとって、その判断が一日遅かったことなど知るよしもなく、それでようやく安心した。

（あの女子高生は、いいことを教えてくれた。ケータイを失くす危険性を私に思い起こさせてくれた。感謝しなくっちゃ）

そして尚美の頭は、会社に着いてからやるべき仕事のことに切り替わった。

2

「きょうは、きみたちに伝えねばならない『いい話』と『悪い話』がある。それも『非常にいい話』と『非常に悪い話』だ」

東京百貨店・新宿本店のそばに建つ本社ビル九階で、企画開発部長の津田茂《つだしげる》が、約二十名の部下を集めた定例部会でそう切り出した。「非常に悪い話」という強調に、部員の表情が翳《かげ》った。

「こういうときは、どちらの話を先にするかで場の雰囲気もだいぶ変わってくる。そこがなかなか難しいところだ。で、今日はいい話が先で、悪い話はあとだ」

五十一歳という年齢にしては、いわゆる中年オヤジのくどさがまったくなく、「加齢臭ゼロの奇跡的なさわやかさ」と評されている津田は、ロマンスグレイの髪と端整なマスク、そしてメタボとは無縁のスリムなスタイルで、女性社員が多数を占める社内では「理想の上司ナンバーワン」の地位を毎年確保していた。多分に「外見が理想的」というニュアンスではあったが。

いま津田の率いる企画開発部には、男性七名、女性十三名の部員が所属している。東京百貨店は全体でも女性社員が半数以上を占めていたが、企画開発部の男女比は単純にそれに比例したものではなく、女性のほうが発想が柔軟で、しかも企画の実現において欠かせない粘り強さも男より勝る、という津田の考えによって、積極的に女性を多く配置するようになっていた。

企画開発部の部員には、斬新《ざんしん》な発想を生み出す自由な創造力と、それを具体化する過程での論理的な分析力、そして周囲を説得するための交渉力などが求められるため、アイデアに富んでいるだけでなく、また頭がいいだけでなく、人間的な魅力が不可欠である、と津田は規定していた。

だから、企画開発部員は男女ともに津田のメガネにかなった優秀な人材が揃《そろ》っていた。中でも津田がとくに目をかけていたのが野本尚美だった。

有名アパレル企業やファッション雑誌の編集部に勤めているといってもしっくりくるほど、尚美のファッションセンスは際立っていた。企画開発部のメンバーは、通常は制服ではなくビジネススーツでよいことになっていたが、尚美はそのスーツの選び方や着こなしが抜群で、若い女性社員たちからも「雑誌のグラビアを参考にするよりも、尚美さんのファッションを真似《まね》したほうがずっといい」と圧倒的な信頼を得ていた。もちろん服装のセンスだけでなく、彼女のクールな美貌《びぼう》も後輩女性社員たちの憧《あこが》れの的であり、当然、男性社員の目も大いに惹《ひ》いていた。

主にその尚美に視線を向けながら、津田が言った。

「まず、『いい話』のほうだが、我々企画開発部の提示したプランに基づいて、先月大幅なリニューアルをした新宿本店の地下食品売り場のことだ。諸君もすでに承知のとおり、消費者のニーズを正確にリサーチしたうえでの斬新なレイアウトが、これまでのデパ地下のイメージを一新したとして、テレビや雑誌で大きく取り上げられた。そうしたパブリシティ効果と、実際に来店した消費者からも大変な好感を持って受け止められ、前年同月比で九十三パーセント増の売り上げという爆発的な成果を上げることができた。つまり、これまでのほぼ倍近い伸びだ。当初はこのプランが前衛的すぎると抵抗を示していたテナント各社も、いまでは賞賛と感謝の嵐だ。そして昨日、月曜日の定例役員会議で、大成功したこの食品売り場の大改造プランを、他の店舗にも導入することが決まり、我々のチームに社長賞が与えられることになった。これもみんなの努力の賜物《たまもの》だ。ありがとう。ほんとうに、ありがとう」

拍手が湧《わ》いた。

「中でも私が評価したいのは、野本君の姿勢だ」

津田の視線が、明確に尚美ひとりに絞られた。

「今回のリニューアルプランは、野本君の綿密な売り場調査と分析、そして前例にとらわれない自由な発想から成り立っているわけだが、そのプランを実施に移した段階で自ら志願して地下食品売り場に立った。いつものスーツを脱いで、食品売り場用の制服に着替え、あるときは野菜売り場で、あるときは鮮魚売り場で、自分自身がお客さまと相対《あいたい》することで、消費者の反応を肌で感じ取りながら、必要な修正をほどこしていって完成形に持ち込んだ。必ずしもリニューアルオープン初日から百点の出来ではなかった。たぶん七十点だ。その七十点を百点にもっていったのは、企画立案者である野本君が、決して頭でっかちなプランナーではなく、現場で汗をかくことを厭《いと》わなかったからだ」

津田は、尚美に向けた眼差《まなざ》しをさらに強めてつづけた。

「食品売り場の自社販売スタッフからも、テナントの人たちからも野本君に対する賞賛の声が上がってきているんだ。自分たちといっしょになって声を嗄《か》らして呼び込みをしている姿を見て、日ごろから野本さんの優秀さはわかっていたけれど、もうひとつ、人間的な魅力を見せられて感動した、とな」

ほめまくる部長の言葉に、野本尚美は少し頬《ほお》を上気させながらも、津田をまっすぐ見つめ返していた。ふたりのその視線の交換に、上司と有能な部下という信頼関係を超えた何かがあると察する者はいなかった。ある人物を除いて……。

「そこでだ、社長賞は我々企画開発部のチームに贈られたが、野本君の献身的な努力に報いるために、ささやかながら部長賞を贈呈したい。部長賞といっても、モノではないしポケットマネーでもない。あいにく、そんなにいい給料はもらっていないのでね」

笑いを取ってから、津田は真顔になってつづけた。

「他店舗で新たに始まる食品売り場改造プロジェクトの統括チーフに、野本君、きみを推薦しようと思う」

「私を、プロジェクトのチーフにですか!」

驚く尚美に、津田は大きくうなずいてみせた。

「そうだ」

「でも、私はまだ……こんな歳《とし》で」

「たしかに、きみの若さで複数の店舗にまたがる大型プロジェクトを仕切るのは異例のことかもしれない。だが、やってみなさい。……というよりも、きみ以上にうまくやれる人間はいないと見込んでのことだ。社長以下役員も、今回の野本君の働きぶりには大いに感心し、そして今後にも期待しているんだ。ある意味、非常に重荷になる部長賞かもしれないが、受け取ってくれるかね」

「……はい」

覚悟を決めた顔で、尚美はうなずいた。

「ありがとう。……さて、いい話はここまでだ。つぎに悪い話に移る。それも最初に言ったとおり、『非常に悪い話』だ」

津田は急に表情を引き締めた。

「じつは、昨晩遅くに管理職だけには連絡がきたのだが、千葉《ちば》店に配属された某《ぼう》——『某』というふうに、とりあえずまだ名前を伏せておくが——四十代男性社員のパソコンから、社内資料の情報流出があったことが判明した。千葉店の顧客リストの整理を自宅でやろうと思い、私物のノートパソコンにそのリストを入れて持ち帰った。だが、それがウイルスに感染して、顧客リストがネット上に流出した」

津田は、苦々《にがにが》しい口調で吐き捨てた。

「過去の事例と同様に、その社員もAVのダウンロードでウイルスに感染し、パソコンの中に収めてあった文書や写真を一切合切《いっさいがっさい》、ネット上に持っていかれてしまった。その中に千葉店の顧客リストも含まれていたわけだが、そこまで言えば、きみたちも容易に想像できるだろうけれど……」

津田はおもに男性部員の顔を見回しながら言った。

「流出ファイルの中には、その社員の個人的なメールや画像も多数あった。どういう種類のものであるかは、ここで具体的に言うのは憚《はばか》られる。しかし、妻も子どももある男として、社会的な体面を完全に失ってしまうような代物《しろもの》だ。そして昨夜の段階で、すでにそれに気づいたネットユーザーが、社員の実名を晒《さら》した上で、画像やメールの中身をインターネット上で拡散しはじめた」

部員の間から、重苦しい吐息が洩《も》れた。

「どうせ明らかになることだから、いまのうちに話しておこう。ただし、絶対に口外してはならん。たとえテレビやネットで報道されたとしても、家族や友人など外部の人間に向かって、この話題を持ち出すことのないように。いいな」

全員がうなずくのを確認してから、津田は言った。

「彼のパソコンから流出した好ましからざる画像——動画も静止画も含めてだが——そこにいっしょに写っており、好ましからざるメールを交わしていた相手の女性は、同じ店舗の正社員だ。そして、彼女にも家庭がある」

どよめきが起こった。

「せっかく、きみたちの活躍で明るい展望が開けてきた矢先に、東京百貨店全体のイメージを失墜《しっつい》させるような出来事が起きて非常に残念だ。ほんとうに、ほんとうに残念だ」

津田は、くやしそうに唇を嚙《か》んだ。

「ここにいるきみたちは、社内でもとくにＩＴの知識が豊富な人材ばかりだから、よもやパソコンに危険なファイル共有ソフトをインストールしているとは思わないし、それをここで確かめるような無粋《ぶすい》なことはしない。だが、会社で残業するのを嫌って、自宅に仕事を持ち帰ることは、きみたちもやるだろうし、そのことじたいは咎《とが》められない。そうした際も、絶対に顧客リストや社外秘データを、自分のパソコンに入れることはしないように。たとえ危険なソフトを使っていなくても、だ。それからもうひとつ。社内での不倫は絶対にいかん。独身者どうしの社内恋愛は自由だが、不倫はダメだ。それが今回のような形で明らかになるのは最悪の悲劇だ。……以上」

津田は口をつぐみ、定例の部会は暗澹《あんたん》とした雰囲気のまま散会となった——

3

あとになって、野本尚美は思った。もし、あの日、昼になって急に暖かくならなかったら、と……。

部会でデパ地下リニューアルプランの成果を部長から絶賛され、大型プロジェクトの統括チーフを任されることを告げられた日は、朝は四月とは思えぬ冷え込みだった。緑が丘駅のホームで、ケータイを探して持ってきてくれるように母親に頼んでいたあの女子高生の口からは、冬のように真っ白い息が吐き出され、しゃべりながら寒さでしきりに足踏みをしていた。尚美もビジネスーツの上に春物のコートを羽織っていたが、冬物でもよかったと思うぐらいの寒さだった。

ところが昼休みの時間になって食事のために外に出てみると、朝の冷え込みが嘘《うそ》のように、空気は生暖かくなっていた。朝は曇り空だったのに、いつのまにか青空が広がり、眩《まばゆ》い太陽が頭上に輝いていた。コートも要らない暖かさだった。

その春の陽気が、尚美を近くの公園へと誘《いざな》った。そして、結果として彼女を地獄へと導いた。

尚美は、週のうち最低でも三日はひとりで昼食をとる。ほんとうは毎日ひとりで食べたいのだが、それでは人づきあいが悪いと思われるので、企画開発部の仲間といっしょにランチをとる日も作った。だが、社員同士で食べにいくと、気分的には休憩にならないのだ。

食事をしながらの話題といえば、どうしても仕事のことばかりになる。あるいは社内の人間の噂《うわさ》話や悪口、とりわけきょうのようにスキャンダラスな出来事が起きた日には、どうしてもその話題になる。部長の津田は、家族や知人にも口外するなとクギを刺していたが、裏を返せば、社員同士で噂しあうのは止められない。そんな休憩時間を過ごしたくなかったので、尚美は、きょうの昼食はひとりで、そして社員が行かないようなレストランに入ろうかと思っていた。

ところが春の暖かさで考えが変わった。本社の隣のビルに入っている洒落《しゃれ》たパン屋でサンドイッチとホットコーヒーをテイクアウトすると、徒歩五分の距離にある小さな公園に出かけ、そこのベンチに座ってサンドイッチのパッケージを開けた。

と、ちょうどそのタイミングで、シャンパンゴールドのケータイが鳴り、紫色の光が点滅した。それは、交際相手用に設定した着信メロディと着信ライトだった。

「はい、尚美です」

「いま、どこにいるんだ」

津田の声がたずねた。

「まだ社内だと思って探したんだが、もう外に出たのか」

「はい」

「きょうはいっしょに昼メシを食おうと思っていたのに」

「ごめんなさい。あんまりいいお天気なんで、公園まできてしまったんです。そこでサンドイッチを食べようと思って」

「春のピクニックかね」

ケータイの向こうで、津田は笑った。

「君にも、そういう少女っぽいところがあるんだな」

「部長」

「ん？」

「きょうはほんとうにありがとうございました。みんなの前で、あんなにホメられて照れくさかったです」

ケータイを耳に当て、春の日射《ひざ》しに輝く公園の木立を眺めながら、尚美は言った。

「しかも、店舗横断のプロジェクトのチーフだなんて、ほんとうに驚きました」

「それについては、べつに贔屓《ひいき》をしたわけではないぞ。誰が見たって、野本尚美以上の適任はいない。それから、もうひとつ。みんなの前なので、部長賞はプロジェクトのチーフ指名だけであるかのような言い方をしたが、ちゃんと個人的なお祝いは用意してある」

「個人的なお祝い？」

「そうだ。尚美のシフトは、明日明後日《あさって》と連休だったたな」

「はい、そうです」

土日の週末が決まって休みになる一般企業とは異なり、デパートの社員は原則として週休二日制ながら、休みのとれる曜日は変則的である。東京百貨店は、昨今のデパートとしては珍しく定休日があったが、その日がそのまま休みになるとも限らない。客がこない休館日にやるべきディスプレイの変更や、仕入れの打ち合わせなどが入る日もある。盆暮れの商戦たけなわのころは店舗は連日営業となり、社員も週一日の休みもとれない場合がある。企画開発部のような本社勤務では、土日に休みがとれる確率が比較的高かったが、尚美の今週の休みは全店休館日の水曜と、翌木曜日だった。

「今晩から二泊三日で、箱根に行こう」

「え？」

尚美は驚いた。

五十一歳の妻子ある上司と不倫関係に陥ったのは、地下食品売り場の全面改装プロジェクトが立ち上がった昨年の秋だった。共通の仕事が忙しくなり、必然的に会社でいっしょにいる時間が長くなり、しかもふたりきりの残業が増えてきた流れの中で、自然とそうなった。だが、半年以上のつきあいで、都心のホテルに泊まったことはあっても、いわゆる旅行は一度もしたことがなかった。

それが、いきなり二泊三日の箱根である。もちろん、うれしかった。仕事のご褒美にかこつけて、津田がふたりの関係を思いきって新しい段階へと進めようとしているのがわかった。

だが同時に、尚美は一度も会ったことのない津田の妻子の存在を頭に思い浮かべた。彼の妻がどんな女性なのか、子どもは何歳で何人いるのか、男女の別も知らなかった。そうした話題は、ふたりの間で一切でなかったし、尚美はきこうともしなかった。

しかし、津田夫人がどんな人であろうと、また夫婦の間にどんな冷たい事情があろうと、尚美が背信行為の片棒を担《かつ》いでいることに変わりはなかった。

独身どうしの恋愛だったら、たとえ社内の上司と部下という関係でも、迷うことなく二泊三日の旅行につれていってもらうだろう。しかし、自分たちの関係はあくまで不倫である。相手には、倫理的に壊してはならない家庭というものがある。

尚美はためらった。

その雰囲気が伝わったのか、津田の声に戸惑いの色が混じった。

「どうしたんだ。うれしくないのか」

「いえ、うれしいです。とってもうれしいです」

それは本心だったので、尚美は即答した。

「先約でもあるのか」

「いえ、何もありません」

「じゃあ、決まった」

津田は、やや強引に決め込んだ。

「きみも仕度があるだろうけど、あまり遅くはなりたくないから、出発は今夜の七時ごろでどうだ。もう車をこっちに持ってきてあるから、尚美のマンションまで迎えにいくよ。メシは食わないでいてくれ。きみのところからわりあいに近いイタリアンを予約してある」

「もうそんなところまで……」

「準備がいいだろう。あはは」

津田は豪快に笑った。

「運転するから飲めないのが残念だが、酒は向こうに着いてからゆっくりやろう」

「でも、食事をしてから出発したら、箱根に着くのはだいぶ遅くなりますよね。そんな時間に泊めてくれる宿があるんですか」

「明日の夜は旅館をとってあるが、今夜は宿じゃない。ぼくの別荘だ」

「別荘……」

「そうだ。芦《あし》ノ湖《こ》を望む高台にある。まだこの季節だと、夜は冷え込むけどね。幸い、天気は良さそうだ。星空はすばらしいぞ」

「……」

「ああ、別荘だからといって、よけいな心配はいらない。今夜は飲むだけだし、朝飯の心配もない。きみに雑用はさせないよ」

尚美が沈黙したのは、そんな理由ではなかった。別荘は、あくまで津田家の延長である。そこには当然、彼の家族も何度も泊まっているはずだ。そんな場所に行きたいわけがない。寝室がどういうスタイルか知らないが、そこには津田夫人も寝ているはずだ。そんなベッドやふとんの上で、津田に抱かれるわけにはいかなかった。

断ろうと思った。だが――

「尚美が何を考えているか、わかっているよ」

ケータイの電波を通して尚美の心を見透かしたように、津田が言った。

「別荘だと家庭の匂《にお》いがしてイヤなんだろう」

「そうです」

尚美は率直に答えた。

「私、津田さんと遠くへ旅行に出かけることにも、まだ抵抗があるんです。まして、津田さんの別荘だと……」

「別荘に誘うなんて、ぼくが配慮に欠けた無神経な男だと思ったかい」

「思いました」

「そりゃ正直な答えでいいや。あははは。だからぼくは、野本尚美が好きなんだ。あはは」

津田は、また豪快に笑った。

「別荘という表現が誤解を招いたなら謝る。たぶんきみは、箱根の森の中にポツンと建っているコテージでも想像したかもしれない。そうじゃない。タイムシェア型のリゾートマンションだよ」

「タイムシェア型のリゾートマンション？」

「そうだ。分譲ではなく、タイプ別に契約した部屋で空きのあるところを使えるシステムだ。実質的にはホテルに泊まるのとなんら変わりはない。前の客がチェックアウトしたあとは、きちんと部屋のクリーニングがされて、完全にきれいな状態でつぎの客に引き渡される。明日出発の一泊二日で旅館だけに泊まることも考えたんだが、やっぱり尚美と一日でも一時間でも多く、いっしょの時間を過ごしたいんだ。だから部長権限で自分の休みのシフトを変更して、きみに合わせた」

「そうだったんですか……」

「納得してくれたかい？　それでも、まだ抵抗があるのかな」

「いえ、よくわかりました」

「よかった」

津田の声が弾んだ。

「ほんとうは昼メシを食べながらこの計画を話して、きみの驚く顔を見たかったんだがね。まあ、いいや。さすがに公園のベンチでふたり並んでメシを食うのは、見られたらまずい光景だから、そっちには行かないけど……。じゃあ、今夜七時だよ」

「わかりました。私も楽しみにしています」

最後は尚美も明るい声を出して通話を切った。

だが、切った瞬間から、尚美の表情がまた翳《かげ》った。

4

(ほんとうにいいの？　こんな関係を深めていって……)

公園のベンチに座った尚美は、膝《ひざ》の上にサンドイッチのパックを開けたまま、考え込んだ。

尚美は三十三歳になっても、結婚というものをまったく考えていなかった。仕事がいまいちばん面白いときだというのも、たしかにある。仕事と結婚生活を両立させるのが難しそうだというのもある。しかし結婚を考えない最大の理由は、周囲を見回してみても、結婚して幸せだと公言する既婚の男性社員がほとんどいないからだった。

新婚はまだしも、三年から五年も経《た》てば、もう男の口から家庭がある歓《よろこ》びを語る声はほとんど聞かれない。そして浮気に走る。津田茂も決して例外ではない。彼は妻への愛情を放棄して、尚美に傾いた。それは尚美に一時的な幸せをもたらす出来事かもしれないが、永遠の幸せを保証するものではなかった。仮に津田が離婚して、尚美を妻の座に迎えたら、こんどは尚美が夫を別の女に盗《と》られる番になる可能性が高い。

だから津田と不倫関係に陥っても、彼を奥さんから奪おうなどという発想は、尚美にはまったくなかった。むしろ逆に、津田から妻との離婚を前提とした関係に持ち込まれるのが負担だった。これまで都内のホテルで一夜を過ごすことはたびたびあったが、尚美のほうから旅行に行きたいと言い出さなかったのも、いざというときはすぐに解消できる関係でいたかったからだ。

旅に出ると人柄がよくわかる、と言うが、旅に出ておたがいの理解を深めるのが、いまの尚美にはかえって怖かった。後戻りの利かないところまで一気に進んでしまいそうで、それが恐ろしかった。

尚美は食事をすることも忘れ、公園のベンチに座ったままボーッとしていた。が、やがて右手にケータイを持ったままだったことに気づくと、ボタンを操作して受信メールの一覧を出した。いままで津田から受け取った個人的なメールは、どんなに短い文章であっても消去はせずに、すべて保存フォルダに入れてある。その中でもとくに大切なものは、間違って消去しないように保護設定をしてあった。

そのひとつを開けてみる。

しかし、メールの文面が液晶画面に出たとたん、すぐに尚美はボタンを押して、それを引っ込めた。尚美との情事をふり返った津田の感想だったが、春の日射しにあふれた真昼の公園で読み返すような内容ではない。会社ではダンディでさわやかな印象で女性社員から大人気の津田だったが、メールに綴《つづ》られた文面は、彼のイメージを根底から覆すほどの猥褻《わいせつ》さだった。だが、まともに読み返せないほど淫《みだ》らな内容なのに、尚美はそれを保存していた。

仕事場でのイメージとの落差は、津田だけに言えたことではなかった。送信メール一覧のほうには、尚美から津田に送ったメールも保存されていたが、こちらも会社でクールビューティーと呼ばれている尚美からは想像もできない、熱い官能の吐息が聞こえてきそうな文面のオンパレードだった。

津田のメールも自分のメールも、会社の人間が読んだら、表の顔とのあまりの違いに腰を抜かすかもしれなかった。もちろん、絶対に読まれるわけにはいかない「極秘文書」だったが……。

こうした赤裸々な文面のメール交換を重ねていくうちに、おたがいの露骨な表現がますますエスカレートしていき、それによってふたりの関係が深まっていったのを、尚美は認めないわけにはいかなかった。その刺激が、ふたりの心に情事への渇望を生み出していったのだ。

尚美と津田の不倫においてケータイが果たしている役割は、それだけではなかった。

初めて津田に抱かれた夜、腕枕をされて、情熱の余韻《よいん》を味わいながら並んでベッドに横たわっていると、突然、津田がもう一方の手に自分のケータイを持って、できるかぎり腕を伸ばし、ふたりの寝ている姿に、ケータイカメラのレンズを向けた。

(え、こんなところを写真に撮るの?)

尚美はびっくりして、あわててシーツを胸元まで引き寄せた。その直後、ピロリ〜ンという大きな音とともに、シャッターが切られた。

津田はすぐにケータイを手元に引き寄せ、液晶画面に記録されたふたりの姿をチェックした。

「おー、きれいに撮れたよ。ほら、見てごらん」

津田は腕枕をほどいて身体《からだ》の向きを変え、尚美にそれを見せた。

たしかによく撮れている。最近のケータイカメラの画質向上は画期的で、デジカメ並みにきれいな写真が撮れる。液晶画面がどんどんワイドになってくるのに合わせて、それに耐えうるよう解像度もアップしてきている。数年前のケータイカメラでは考えられなかった鮮やかさだ。

津田はにっこり笑って写真に収まっていたが、尚美は胸元まで引き上げたシーツを両手でギュッと握りしめ、驚いた表情で写っていた。まったく無防備な姿だった。ふたりとも、シーツの下に隠された部分は何も着けていない裸身だ。尚美は、まるで自分が女優になってベッドシーンを演じているような気分になった。

心臓がどきどきと高鳴った。写真の生々しさにも、そして津田の突然の行動にも興奮していた。

恋人どうしがよくやるように、画面の中にぴったり収まるためにふたりで顔を寄せ合い、ひとりが腕を伸ばしてケータイカメラを撮るというポーズの写真は、昨年の暮れ、街角の巨大クリスマスツリーの前で数枚撮った記憶があるだけだ。そんな健全な場所でさえ、尚美は津田とふたりきりで写真に収まるのは落ち着かない気分だった。ケータイで撮った写真を奥さんに見られたら、という心配があるからだ。

ましで、ベッドでの写真を見られたら、すべてがおしまいだ。しかし、そんな尚美の心配などをよそに、津田はもう一枚撮ろうとした。さすがに尚美は、それを止めた。

「やめて、こういう写真を撮るのは」

「なんでだよ」

津田は不服そうに言い返した。

「ぼくは尚美との初めての夜を、自分の記憶だけでなく、ちゃんとした記録に残しておきたいんだ。記憶は霞《かす》んでも、デジタル写真は永久に劣化しない」

「でも、いやなの」

「ぼくがこれを悪用すると思っているのか」

「そんなことは思っていないけど……」

「じゃ、女房に見られたら困るとでも？」

「そうです」

「だいじょうぶさ。女房は亭主のケータイなんかに関心持っていないよ。亭主そのものに関心がないんだから」

「でも、いやなの」

「じゃ、一枚だけにしておくけど」

「そうじゃなくて、いま撮った写真も消してください」

「これもか……」

津田は不満げな表情をあらわにして、液晶画面を見た。

「じゃあ、消す代わりに交換条件がある。尚美のケータイで撮り直させてくれ」

「私のケータイで？」

「そう、それならいいだろう？　きみのケータイで撮るんだから、写真の保管者はきみだ。ぼくは一切コピーも持たない。写真を見たくなったら、きみのケータイを借りて見る。それなら安心だろ」

「そうまでして、写真を撮りたいの？」

「撮りたい」

「頭の中に思い出として刻み込んでおくだけじゃダメなの？」

「ダメだ。写真に残したい」

津田は、会社における理知的な上司の顔を捨てて、だだっ子のようになっていた。

「今夜の思い出を、永遠に新鮮に保つために、どうしても写真に残したい」

「……わかりました」

こんなことでモメて雰囲気が悪くなるのもイヤだったので、尚美は気乗りしなかったが、自分のケータイを津田に渡した。彼のケータイに写真が残されるよりは、ずっと安心だから、と自分に言い聞かせて。そして津田は、尚美のケータイを使って撮影を再開した。

しかし、ベッドでの撮影は「初夜」だけにとどまらなかった。その晩以降も、津田は自分たちのセミヌードを尚美のケータイで撮りつづけた。そのうち撮影場所もバスルームにまで及ぶようになり、ケータイの写真フォルダに保存されていく枚数が増えるにつれ、彼はヌードカメラマンのように過激なポーズを要求するようになった。

最初はびっくりしてシーツを胸元まで引き上げた尚美も、メールの内容と同じで、しだいに感覚が麻痺《まひ》していったのか、ケータイで裸を撮られることに慣れていき、津田のリクエストに応じてポーズをとるようになった。

（どうせ私が保管しているんだし、私と津田さん以外に見る人間はいないんだから）

尚美は、懸命に自分に言い聞かせた。万一、ケータイを落とすか、どこかに置き忘れて、それを人に拾われたらどうするんだ、という警戒心は、不思議なほど湧いてこなかった。津田でさえ、尚美の許可を取らないと撮影した写真を見ることはできないのだ。その安心感が、尚美の危機意識を薄めていた。

(このまま津田さんとつきあいつづけていったら……)

秘密のメールや写真が大量に収められたケータイを眺めながら、尚美は思った。

(やることが、どんどん過激になっていく一方のような気がする)

今夜から二泊三日で出かける箱根旅行で、津田は、これまで以上にワイルドな一面を見せそうな予感がしていた。尚美がとてもついていけそうにないほどに……。

(旅行、やっぱり断ったほうがいいんじゃないかな)

そんな予感がしてきた。そして、いま感じた不安を伝えるために、ケータイで津田を呼び出そうとしたとき——

「尚美さん」

いきなり男の声で名前を呼ばれた。

びっくりして顔を上げると、尚美と同じ企画開発部に所属する二十五歳の若手社員・五十嵐《いがらし》拓磨《たくま》が、ベンチに座る尚美を見下ろし、笑顔で立っていた。

5

「あ、拓磨君」

尚美はあわててケータイを自分の右脇《みぎわき》に置くと、それまで手をつけていなかったサンドイッチを食べ出すようなふりをしてたずねた。

「あなたもここでお弁当？」

「いや、そうじゃないですけど。昼休みで外に出たら、なんだかすごく気持ちいい天気なんで、ちょっとそのへんをぶらぶらしてみようかなと思って」

白い歯を輝かせて笑いながら、拓磨は両手を斜めに上げて背伸びのポーズをとった。身長が百八十五センチもある拓磨は、顔もいわゆるイケメンで、部長の津田とは別の意味で、女性社員たちの人気の的だった。拓磨の場合は「理想のカレシ」「理想の結婚相手」としての注目度ナンバーワンだった。

「ほんとに、急に暖かくなったわよね。……あ、座る？」

「いいですか」

「もちろん、どうぞ」

尚美はサンドイッチのパックとコーヒーを手に持って、ベンチの上を腰を滑らすようにして、右端に移動した。

その際、脇に置いていたケータイが、自分の尻に押し出されるような形でベンチの背中側にはみ出し、いまにも地面に落ちそうになっていることに、尚美は気づかなかった。部長の津田との不倫の行く末を案じている内心を、拓磨に気取《けど》られまいとするのに必死で、たったいまケータイを自分の脇に置いた事実が意識から欠落していた。

「じゃ、失礼します」

と言って、拓磨は尚美の左横に腰を下ろした。そして、尚美のほうに顔をひねった。

「だけど、尚美さんってすごいですね」

「私が？　なんで？」

「けさ、部長がベタボメだったじゃないですか、食品売り場のリニューアルプロジェクトの件で」

「ああ、あれはみんなでやったことよ。たまたま最初の企画提示が私だっただけで」

「そんなことないですって。アイデアの勝負だけじゃなく、尚美さん自身が現場に出ていって、そこで働いているスタッフの気持ちをつかんだところが勝因ですよ。そして、それができたのは、尚美さんの人柄だと思います。おれ、そこにすごく感激したんですよね。

ウチの会社には頭のいい女性も、行動力のある女性もいっぱいいるけど、人の気持ちがわかるやさしさを持った女性は、尚美さん以外に見あたらないっす」

「ないっす……か」

拓磨の語尾を真似して、尚美は笑った。

「悪いけど、ホメても何にも出ないわよ。このサンドイッチぐらいしか」

「え、いいんですか」

「いいわよ。よかったらぜんぶ食べても」

「ほんとっすか。おれ、腹ぺこだけど、公園まできちゃったら、なんだか食いにいくのもめんどくさくなってたところなんです」

「よかったら、コーヒーも飲んで」

「えっ、間接キスになりますけど」

「バカね、なに言ってんの。まだ一口も飲んでいないから」

そう言ってコーヒーを渡しながら、この子は可愛《かわい》いな、と尚美は思った。

顔がいいことを鼻にかける男はどこにでもいるが、拓磨はそういう高慢なところがひとつもない。一言でいえば、すれていない青年だった。尚美は、不倫相手である十八歳年上の津田と、八歳年下の拓磨とを、気がつかないうちに比較していた。

（部長と不倫するよりも、この子と恋愛したほうが健康的かも）

そんな考えが、一瞬、頭をよぎった。

「ねえ、尚美さん」

渡されたサンドイッチをほおばり、コーヒーもいっしょに口に入れてガッガッと食べながら、その合間に、拓磨がきいてきた。

「尚美さん、なんか悩んでます？」

「え？」

尚美はびっくりして問い返した。

「なんで、そんな質問をするの」

「じつはですね」

口の中に残っていたサンドイッチをぜんぶ呑《の》み込んでから、拓磨は言った。

「公園まできて、ベンチに座っている尚美さんを見かけたとき、声をかけようかどうか迷ったんですよ。あまりにも暗い顔をしていたから」

「私が？　ほんと？」

「けさ、あれだけ部長に絶賛されて大役も任されたのに、なんだか思い悩んでいる感じだったから。しかも、食欲ぜんぜんないわけでしょ」

あっというまに半分以上食べてしまったサンドイッチの残りを、拓磨は指差した。

「このサンドイッチだって、ひと切れも食べずにぼくにくれるし、コーヒーさえ喉《のど》を通らない。これは重大な悩みを抱えているんだと思いました」

「たしかに……」

尚美は、急いで言い繕った。

「あ、それは大役を仰《おお》せつかって、その責任の重さを嚙みしめていたからよ」

「やっぱ、そうなんだ。もしよかったら、おれに何でも言ってくださいよ」

「拓磨君に？」

「はい。おれ、尚美さんのためなら、一生懸命働きますよ。できれば、直属の部下にしてもらいたいぐらいっす」

拓磨は真顔でつづけた。

「うちの部って、津田部長が目の前で統率《とうそつ》しているときはまとまってるけど、実際はみんな気持ち的にバラバラなところがあるじゃないですか。なんだか男も女も個人プレーに走るのが好きな人間が多くて、妙に競争意識が強くて」

「拓磨君、そんなふうに感じていたの？」

「尚美さんは？」

「私も、そう思わないこともなかったわ」

あんがいこの子はしっかりしているかもしれない、と拓磨を見直した。

「ぶっちゃけ言っちゃいますけど」

さらにサンドイッチをひと切れ、急いで食べてから、拓磨は言った。

「うちの部の連中、みんな尚美さんに嫉妬《しっと》してるんですよね。さっき、尚美さんが席を外したときにも、土屋《つちや》さんが、部長は野本をえこひいきしすぎだって息巻いてましたよ」

土屋というのは四十五歳になるベテランで、酒を飲んでは会社や上役の悪口を言う典型的な不満分子の男だった。そんな彼が、社内でもエリートコースといわれる企画開発部に残っているのが不思議だと、陰でささやかれるほどだった。

「土屋さんが、私をよく思っていないのは知っていたわ。あちこちで私の批判を言い回っていることもね」

尚美はため息を洩らした。

「それに、私と面と向かうと『野本さん、いつ見てもおきれいですなあ。恋をしている人は違いますなあ』なんて、セクハラ発言をするしね。もう、こっちも腹を立てるのはバカらしいから、聞き流してるけどね」

「でも、さっきの土屋さんは、ふだん以上に、嫉妬の炎メラメラって感じで『部長も、もっとチームワークを重視してくれないと困るよな。みんなのやる気もそがれるだろう。部長が野本ばっかり引き立てているのは、アレかね、もしかしてあのふたりはデキてるんじゃないかね』とか」

「……」

ドキッとした。

拓磨に悟られないよう、尚美は平静を保つのに必死になった。そして、心の動揺を押し隠すために、わざと大きな声を出した。

「そういう不愉快な話は聞きたくもないわ。じゃ、私、社に戻るわね」

尚美は、ベンチから勢いよく立ち上がった。

その拍子《ひょうし》に、ベンチの背中側の端で、ギリギリバランスを保っていた尚美のケータイが地面に落ちた。

あいにくベンチの真下は舗装しておらず、草の生えた地面だった。雑草がクッションとなって、ケータイは落ちたときにまったく音を立てなかった。だから尚美は気がつかなかった。たとえ音がしても、激しく動揺している尚美の耳には届かなかったかもしれない。

「尚美さん、すみません。気分、悪くされました？」

「もちろん」

プイと横を向いて答えると、尚美は五十嵐拓磨をベンチに残したまま、早足で公園の出口へと向かった。

ひとり残った拓磨も、残りのサンドイッチを食べることはせず、コーヒーだけ急いで飲み干すと、あわてて尚美のあとを追いかけた。そして、ふたりが立ち去ったベンチの下には、尚美が落としたシャンパンゴールドのケータイが残された……。

6

そのわずか二分後——

ベンチの下で、ケータイが鳴り出した。それは津田茂専用に設定した着メロだった。今夜から出かける旅行のことで、まだ言い添えておきたいことがあったための電話だった。

その着メロが十秒ほど鳴りつづけたところで、ひとりの中年男がベンチに近づいてきた。

男はグレーのスーツ姿であったが、その下に着ているワイシャツのカラーは、汗と脂と埃《ほこり》で煮染《にし》めたような色合いになり、ストライプのネクタイはだらしなく緩んでいた。黒の革靴も土にまみれ、左の靴紐《くつひも》はほどけかかっていた。

男の顔は無精髭《ぶしょうひげ》のせいで、全体的に黒ずんで見えた。髪の毛はだいぶ伸びており、いちおう七三に分けてあったが、妙にてらてらと光っているのは整髪料のせいではなく、もう一カ月近くも風呂《ふろ》に入っていないためだった。もしもその男に近づいたら、人々は異臭で顔をしかめるに違いなかった。

ベンチに腰掛けるつもりでそこに近づいた男は、着メロを耳にして、不思議そうな顔で立ち止まった。とりあえず、目につくところにはケータイは見えなかったからである。

やがて男は、着メロがベンチの下から聞こえてくることに気がついた。そして、地面に膝をつけ、ベンチの下を覗《のぞ》き込んだ。

雑草に埋もれる恰好《かっこう》で、シャンパンゴールドのケータイが紫色の光を点滅させながら着メロを奏でつづけていた。

男は、それを拾い上げた。液晶画面に「津田部長」と出ているのを確認してから通話ボタンを押し、ケータイを耳に当てた。

「もしもし」

男の耳元で、津田の声がした。

「もしもし……もしもし……尚美、聞こえてるか……今晩からの箱根旅行の件だけど……もしもし、尚美？　もしも……」

男は途中で通話を切った。

そして、電源も切った。

男は尚美のケータイをスーツの内ポケットにしまい、会社をクビになって家出をして以降、仮のねぐらにしている新宿中央公園へと、ゆっくりとした足取りで戻りはじめた。

それからニヤッと、黄色い歯をむき出して笑い、心の中でつぶやいた。

（新しい楽しみができた）


男が失業したのは、いまからおよそ四カ月前、昨年十二月だった。夏に、出勤途中の電車で乗り合わせた女性に一目惚《ひとめぼ》れした彼は、およそ半年間にわたってストーカー行為をつづけてきた。だが、ついにその女性から訴えられ、かろうじて示談によって裁判は免れたものの、会社に知られ、問答無用で懲戒免職を言い渡された。冬のボーナスをもらう直前だった。

男の年齢は四十七歳。結婚十五年になる妻と、中学一年と小学五年の娘がいた。埼玉県に小さいながらも一戸建て住宅をローンで購入したのが、わずか一年前のことである。男は自分なりに家庭人としての顔を持っていたが、ストーカー行為の露見ですべてを失った。

妻は激怒して子どもをつれて栃木《とちぎ》の実家に帰り、数日後、判を押した離婚届が送りつけられてきた。退職金が一円も出ない懲戒免職になったことで、住宅ローンの支払いが、たちまち滞《とどこお》った。

そのほかにも、ギャンブル好きの男は闇金融に秘密の借金があった。しかし、それはボーナスを三回か四回分つぎこめば、なんとか返済できる額ではあったが、そちらの返済もメドが立たなくなった。

あっというまに借金取りが押し寄せ、住宅ローンのほうからも督促がきて、ついに男は夜逃げ同然の恰好で、なけなしの現金三万円と、若干の私物を持って自宅から逃げ出した。それが一カ月前のことだった。ケータイは持っていても借金取りの追跡目標になるだけだから、近所の川に投げ捨てた。

家という生活拠点も、家族も失い、ローンの負債と闇金融の借金がのしかかると、男は「家族と自分自身を養うために働く」という、社会人としての基本的な目的意識を見失った。再就職の道を探す気力も失《う》せた。そして男は、それまでの生活圏を離れて新宿に出てきた。まっすぐ向かった先は、新宿中央公園だった。

その一角にホームレスのテント村があるのを、男は以前から知っていたので、そこに加わることにしたのだった。自宅から持ち出したわずかな私物の中には、釣りに凝っていたころに使っていたワンタッチで半円形のドーム型に開く、携帯用の小さなテントが含まれていた。それが男のねぐらになった。

その気になれば日雇いの仕事を得ることもできた。だが、そんなことをしても「焼け石に水」だと考えると、男は汗水流してまで働こうという気が起きなかった。手持ちの三万円は、テント村の中では大金といってよかったが、男はそれを使うことはせず、他のホームレスの見よう見まねで食べ物を漁《あさ》って食いつなぐ暮らしを一カ月つづけてきた。

テント生活も一カ月が過ぎ、四月になると、男は完全に貨幣経済から乖離《かいり》した生活パターンに慣れてしまっていた。浮世離れとは、このことだと自分で思っていた。

そんな男にとって、公園で拾い上げたケータイは、ひさびさに実社会との接点を思い出させてくれた。しかも、持ち主が女性らしいことが刺激的だった。

「なおみちゃん、なおみちゃん……」

テントがある新宿中央公園へと歩いて移動しながら、男は口の中でぶつぶつとつぶやいていた。電話をかけてきた男が口走った、女の名前を。

「なおみちゃん、なおみちゃん……」

交差点の赤信号で立ち止まった四十七歳の中年男は、頭上に輝く春の太陽をまぶしそうに見上げたあと、なおも「なおみちゃん、なおみちゃん」とつぶやきながら、背広の内ポケットからシャンパンゴールドのケータイを取り出した。そして「なおみちゃん、なおみちゃん」とつぶやきながら、送話口に薄汚れた唇を押し当てた。

「んー、ぶちゅー」

唇とケータイの間からよだれを垂れ流しながら、男は気味の悪い擬音《ぎおん》を洩らした。

「なおみちゃあん、ぶちゅちゅちゅちゅちゅちゅ〜……じゅるじゅるじゅううう」

そばに立っていた歩行者が、ケータイに唇を押しつける男を見て、顔をしかめながら後じさりした。男のしぐさが不気味なのと、彼が周囲に撒《ま》き散らす体臭に耐えられなかったからだった。

7

憤然とした様子で社に戻ってきた野本尚美は、サンドイッチの食べ残しを持ったままついてきた五十嵐拓磨と並んで本社ビルに入った。そして、企画開発部のある九階へ向かうために、ホールでエレベーターが下りてくるのを待っていた。

「尚美さん」

おずおずと、拓磨が呼びかけた。

「ほんと、よけいなこと言ってすみませんでした」

「もう謝るのはいいから。その食べ残し、ちゃんと捨ててね」

「あ、はい」

拓磨はロビーの奥にゴミ箱が置かれているのを見て、そちらに走りかけたが、「生ゴミは九階に上がってから給湯室のポリバケツに捨てなさい」と尚美に注意され、またそれを手にしたまま、彼女の隣に戻ってきた。

そしてふたりは、エレベーターの表示が5・4・3と下がってくるのを無言で見つめていた。気まずい静寂《せいじゃく》だった。

ポーン、という軽いチャイムの音とともに、ドアが開いた。

すぐにそれに乗り込もうとした尚美は、中から出てきた人間を見て、反射的に声を出した。

「あ、部長」

津田だった。

「おお、野本君か、捜していたんだぞ」

隣に立っている部下の拓磨をチラッと見てから、津田は尚美にきいた。

「用があって、きみのケータイにかけたんだが、回線がちゃんとつながった感じだったのに、きみのほうから切ったからどうしたのかと思ってね」

「え？」

「そのあとかけ直しても、こんどは電源を切っているというメッセージだ。公園で昼メシを食ってるはずなのに、妙だなと思って……」

「待ってください、部長……あ！」

尚美はそのとき初めて、ケータイを公園のベンチに置き忘れたことを思い出し、叫び声を上げた。そして、隣に立つ拓磨をふり返った。

「ねえ、拓磨君。あなた、気がつかなかった？」

「なにが、ですか」

「さっきの公園のベンチに、私のケータイが置いてなかったかどうか」

「いやあ……どうだろ」

首をひねりながら、拓磨はたよりない声を出した。

「たぶん、なかったと思いますけどねえ」

そのやりとりを、津田が聞き咎《とが》めた。

「野本君、ひとりじゃなかったのか」

その言葉は、明らかに上司から部下に向けたものではなく、男が女に嫉妬混じりで問い質《ただ》したものだった。拓磨は瞬時にそのニュアンスを悟って、ふたりを交互に見較《みくら》べた。だが、尚美はそれどころではなかった。

「私、ケータイ落としちゃったみたい」

「どこにだ」「どこにですか」

津田と拓磨が同時にきいた。

「さっきの公園。すぐ取りに行かなくちゃ。拓磨君、いっしょにきて」

「ぼくも、ですか」

「そうよ。公園に着いたら、あなたのケータイで私の番号を呼び出して」

「それはさっきからやっているが、電源が切られているんだよ」

津田が割り込んだ。

「私、電源なんて切ってません」

「だから、きみ以外の人間が切ったんだ。ぼくがかけて一瞬だけ出たのは、着メロに気づいてケータイを拾ったやつが、とりあえず電話をとったんだろう」

「拾われた？　私のケータイが？」

「そうだよ」

「………」

尚美は顔面蒼白《そうはく》になった。

たんにケータイを失くしただけでは済まないことに気づいたからだった。津田との淫らなやりとりに満ちたメールの数々。そして写真には自分のオールヌードが含まれている。

血の気が引いた。

事の重大さに思い至ったのは津田も同じだった。彼もまた焦りで顔を引《ひ》き攣《つ》らせていた。

「急げ！」

津田が叫んだ。

「拾ったやつを逃がしちゃいかん！」

真っ先に津田が表に飛び出した。

尚美がそれにつづいた。

最後に、サンドイッチの食べ残しをあたりに撒《ま》き散らしながら、拓磨が追いかけた。

第二章　脅迫開始

1

ケータイはなかった。

津田と尚美と拓磨の三人で、まるで警察が犯罪現場の検証でもするような綿密さでベンチ周辺の地面を捜したが、ケータイはどこにも落ちていなかった。拓磨がゴミ箱があるのを見つけ、そこも漁《あさ》った。しかし、なかった。

暖かな昼の公園にはふだんより多くの人がいたが、もしもケータイを拾得した人物が、それを悪用するつもりだったら、その場にいつまでもいるはずがなかった。それでも三人は、公園にいる人間にきいてみた。シャンパンゴールドのケータイを拾ったり使ったりしている人間を見かけなかったか、と。しかし、そんな人は見なかったと答えてくれるのはまだいいほうで、大半の人間は露骨に怪しむ顔をして、無言で去っていった。

そのうちに昼休みの終了となる午後一時を回ったが、津田も尚美もあきらめずに、まだ捜しつづけた。しかし拓磨に対しては、津田が「きみはもういいから仕事に戻れ。ぼくと野本君は、もう少し捜してみるから」と言った。

部下がケータイを失《な》くしただけで、上司がここまで必死になるのは、いかにも不自然だ。カンの鋭い拓磨は、エレベーターホールでのちょっとした会話のニュアンスや、この「捜索活動」の懸命さからみて、部長と尚美が男女の関係にあるのを確信した。ベテラン社員の土屋がふたりの仲を怪しんでいると言ったとたんに尚美の機嫌が悪くなったのも、それが的を射ていたからだろうと、いまでは納得できた。

しかし、いくらふたりが男女の関係にあったとしても、ケータイを失くした尚美本人だけでなく、津田のうろたえ方も尋常ではなかった。それは拓磨にひとつの想像をもたらした。失くしたケータイには、きっとふたりにとって重要な秘密が保存されているのだろう、と。

この日の朝、東京百貨店の千葉店で不祥事があったことが部会で明らかにされたばかりだった。社員のパソコンがウイルスに感染し、顧客リストがネット上に流出したのに加えて、不倫中の社員同士の淫《みだ》らな写真もいっしょに晒《さら》された。その事件を受けて、津田は部下に厳重な注意をした。ひとつは、業務上の資料を私物のパソコンに入れるなということ、そしてもうひとつは、社内の不倫は絶対に許されないということ。

ところが、それこそまさに津田自身がやっていることだったのだ。ダンディな容姿と頼もしい人柄から、理想の上司ナンバーワンと言われている津田としては、イメージを失墜《しっつい》させる言行《げんこう》不一致といってよかった。

しかもその相手が、よりによって津田が目をかけている野本尚美だった。企画開発部の誰もが、尚美が部長のお気に入りであることは知っていた。しかし、そこに個人的な関係などないと信じていればこそ、尚美が重用《ちょうよう》されている状況は実力主義のあらわれとして、内心に多少の不満はあっても、土屋以外から表立った反発は出てこなかった。だが、じつは津田と尚美が不倫関係にあるとわかったら、部下から総スカンを食い、管理職としての権威を失うのは間違いなかった。

その不倫のバレ方も、ふたりで親密にしているところを見られるといった程度ならまだしも、紛失したケータイにあられもない写真や、読むほうが赤面するようなメールが保存されてあったら、そしてそれを拾った人間によってインターネット上に晒されたら、津田も尚美も間違いなく会社に居場所はなくなる。それどころか、私生活でさえ、いまの場所に住んでいられなくなるかもしれない。それぐらい、ネットに恥ずかしいプライバシーを晒されたときの影響は大きい。

そう考えていくと、津田と尚美の焦り方は、もはやパニック状態と呼んでもおかしくないはずだった。

公園からひとりで社に向かって帰りながら、拓磨は尚美の追いつめられた気持ちを推し量って、なんとか力になってあげたいと思った。さっきは仕事のことで手伝いたいと申し出たが、いまではケータイ紛失というアクシデントから、尚美を救いたいという気持ちでいっぱいになっていた。尚美が屈辱的な思いをせずに済むよう、自分にできることは何でもしてあげたかった。たとえ、尚美が津田と不倫関係にあるのがほぼ確実であっても。

拓磨は八歳年上の尚美に憧《あこが》れていた。そして恋をしていた。彼女の窮地を助けるのは津田ではなく自分だ、と、拓磨は心の中でそう決め込んでいた。

2

午後二時すぎ——
東京百貨店本社ビルから離れた喫茶店の奥まった席で、津田と尚美が青ざめた顔で向かいあっていた。

拓磨が社に戻ったあと、ふたりは公園内でケータイを捜すのをあきらめて、近くの交番に向かった。拾った人間が交番に届けてくれているかもしれないと、一縷《いちる》の望みを託して確かめるために。

だが警察官からは、該当する拾得物はない、という素っ気ない答えしか返ってこなかった。とりあえず尚美は遺失物として届けを出したが、この状況から考えるに、見つかりましたよという吉報がくる可能性はほとんどないだろうと、あきらめ気分になっていた。

ふたりとも社に戻って仕事ができるような精神状態ではなかった。

メールのやりとりも、同僚や部下に知られたら赤面ものだったが、それだけならまだマシだった。問題は写真だった。ネット上に出てしまったら、それは永遠に消せないのだ。なぜならネットで閲覧した人間が、それをパソコンに自由に保存できるからだった。

ふたりのオールヌードの写真が日本中、いや世界中に拡散され、どれぐらいの人数が閲覧するかわからない。話題になれば、巨大掲示板がすさまじい勢いでその事実を画像へのリンク付きで世間に撒《ま》き散らしてくれる。閲覧者の数は、万や十万の単位では利かないかもしれない。そして、どんなにその忌まわしい出来事を記憶から消そうとしても、写真そのものは、それをダウンロードした世界中の人間の手元から奪い返すわけにはいかないのだ。

仮に尚美と津田が、人生をやり直すためにいまの環境から去っても、不特定多数の手に渡ってしまったヌード写真は、一生ふたりを脅かすことになる。たとえば津田がベンチャー企業の社長として見事に復活したり、たとえば尚美が、有名人と結婚し、セレブの仲間入りをしたとしても、その成功を嗅《か》ぎつけたネットユーザーたちは、必ずこの出来事を蒸し返すに違いない。一度世間に大恥を晒したおまえたちに、人生の幸せを取り戻す資格などない、とでも言うように。

それは私刑《リンチ》だった。恥ずかしい目に遭った者を、どこまでも追いかけて、とことん辱《はずかし》めてやろうとする人間による陰湿な私刑だった。それがいやならば、残りの人生は、ひっそりと日陰で生きていくしかない。

ケータイを置き忘れたことにほんの数分間気づかなかったという、たったそれだけのウッカリで、尚美は津田も巻き添えにして、人生が終わってしまう寸前まできていた。暖かい春の日射しに誘われて、ふらっと公園に足を向けるまでは、野本尚美にとって、すべてが順調だった。順調すぎるぐらい順調だった。それが一時間もしないうちに、彼女の人生は一気に暗転した。

ショックが強すぎて、まだ涙も出ない……。

「もう一度、最初からじっくり考えてみよう」

アメリカンをがぶりと飲んでから、津田が自分のケータイの通話記録を見ながら切り出した。

その彼の顔からも血の気が失《う》せていた。

津田は尚美とともに急用ができたことにして、会社には夕方まで戻らないと伝え、社員があまり立ち寄りそうにないエリアまで歩き、地味なたたずまいの喫茶店に入って、ふたりで今後の対応を相談することにしたのだった。しかし、この窮地から脱する名案など浮かんできそうになかった。

「ぼくが尚美のケータイに電話をかけたのが、十二時十七分だ。この電話を受けたとき、尚美はもう公園に着いていたんだな」

「ベンチに座って、サンドイッチを食べようとしていたところでした」

尚美は、上司と部下の関係におけるしゃべり方を通すことで、なんとか冷静さを保とうとしていた。津田を不倫相手とか恋人と思ってしゃべりはじめたら、一気に感情が爆発してしまいそうだった。

「それで、ぼくが箱根旅行の件を持ち出したわけだが、ぼくたちがしゃべっていたのは、どれぐらいかな。五分か六分か、そんなところだろうか」

「そうだと思います」

「そのあと、尚美はどうした」

「サンドイッチを膝《ひざ》の上に置いたまま、しばらく考えごとをしていました」

「考えごと？」

「はい」

尚美のほうは、目の前の紅茶にまったく口をつけていなかった。まだ食事もしていなかったが、食欲を感じる余裕もなかった。

「何を考えていた」

「いまは言いたくないです」

「……」

含みのある答え方をする尚美を、津田はじっと見つめた。だが、それ以上は追及せずに、話を先へ進めた。

「そうこうしているうちに、五十嵐がきたんだな」

「そうです。彼も天気がいいので公園にきたと言ってました。そのとき、私はケータイを自分の脇《わき》に置きました。ベンチの上にです」

「どっち側に置いた」

「右側です。そして、彼にも座らせてあげるために、少し右のほうにずれたんです。それから社に戻るまで、まったくケータイのことを思い出さなかったので、たぶん、ベンチで座る位置を移動したときに、お尻で押し出す恰好《かっこう》で、ケータイを地面に落としたんだと思います。ベンチの上に置いたままになっていたら、立ち上がったときに絶対に目に入りますから」

「じゃあ、五十嵐さえこなければ、ケータイを失くすことはなかったんだな」

津田は、いまいましそうに吐き捨てた。

「あいつ、よけいなところに現れやがって」

「それは結果論ですから。彼が悪いんじゃありません。私がボーッとしていたからです」

「かばうのか」

「かばうとかいう話じゃなくて、拓磨君は、私がケータイを失くしたことに何も関《かか》わっていませんから」

「拓磨君、ね」

津田は、尚美の親しげな呼び方を気にかけた。

「そういえば、あいつはサンドイッチの包みを持っていたな。きみがあげたのか」

「食欲がなかったから、代わりに食べてもらったんです」

「なぜだ。天気がいいから外で食べたくなったという人間が、なぜその数分後に食欲を失くすんだ。旅行を楽しみにしていると、明るい声を出して電話を切ったばかりじゃないか」

「でも、いろいろ考えているうちに、食べたくなくなったんです」

「やっぱり、ぼくとのことか。そうなんだね」

その話題を出している場合ではないと思いながら、津田は問い質さずにはいられなくなっていた。

「旅行に誘ったことで、いろいろ考えてしまったのか」

「はい」

尚美も、けっきょく正直に答えざるをえなかった。

「私たちの将来がどうなるのか、急に不安になって……」

「皮肉なもんだな」

津田はロマンスグレイの髪を掻《か》き上げ、ため息をついた。

「遠い将来の心配どころか、明日の心配をしなければならなくなるとは」

「ですね……」

尚美は、唇を噛《か》んだ。

「ところで、こういう可能性はないのか」

津田が、ケータイの件に話を戻した。

「ベンチに並んで座っていた五十嵐が、きみがケータイを置き忘れたのに気がついて、こっそり自分のものにしてしまったという可能性は」

「拓磨君はそんなことをする子じゃありません」

「だが、同じ男として、ぼくにはわかるんだよ」

「何がですか」

「五十嵐が尚美に恋していることがね。だから、好きな人のケータイに興味を持っても不思議はない」

「まさか」

尚美は可笑《おか》しくもないのに笑った。そんなことありえない、という強調のための笑いだった。だが、じつは尚美も、拓磨の気持ちを察していた。それに気づかないほど、鈍感ではない。

尚美は紅茶のカップを持ち上げ、初めてそれに口をつけた。そしてわずかに喉《のど》を潤すと、すぐにカップを置いてから言った。

「そもそも拓磨君は、私が怒ってベンチから立ち上がると、あわてて私を追いかけてきたんです。そして公園から会社までずっとついてきました。ですから、もしも彼が私のケータイを持っていたら、津田さんが呼び出したときに着メロが鳴って気がつきます」

「ちょっと待て。怒ってベンチから立ち上がったとは、どういうことだ。五十嵐が、何かきみを怒らせるようなことをしたのか」

「彼がどうこうじゃなくて、聞きたくもない土屋さんの不愉快な言葉を、おせっかいにも、わざわざ私に教えたからです」

「土屋が何を言ったんだ」

「部長が私をひいきしすぎだ、って。それだけならまだしも、あのふたりはデキてるんじゃないか、って、みんなの前で言ったそうです」

「……………」

津田は押し黙った。

いまの彼は、土屋の発言を怒れる立場になかった。

「とにかく、だ」

津田は、ふたたび自分のケータイの発信履歴を見て言った。

「十二時十七分に電話をしたあと、ぼくはもう一回、きみのケータイに電話をした。記録では十二時三十六分になっている。かなり長い間コール音がつづいた。でも、公園のベンチでひとりで食事をしているままなら、着信に気づかないはずはないのにヘンだなと思っていたら、やっとのことで回線がつながった。ぼくは尚美が出たものと頭から思い込んで、箱根旅行の件だけど、と話しはじめた。すると、途中で無言で電話が切れた。そして、かけ直しても、電源が切られてつながらなくなってしまったんだ」

「たぶん、その着メロのせいだと思います」

「何が？」

「拾った人間に気づかれたのが、です。もしも津田さんが電話をかけなければ、ケータイはベンチの下の草むらに隠れたまま、私が忘れたことに気づいて取りに戻るまで、そのままだったと思います」

「ぼくがいけなかったというのか」

津田の声が険しくなった。

「いいえ。すべては私の不注意です。でも、もしも拓磨君が公園にこなかったら、と考えるのなら、同じように、津田さんが二度目の電話をかけなければ、と考えてもいいんじゃないでしょうか」

「………」

「すみません。こういう言い方が津田さんの気分を悪くさせるのはわかっています。でも、どうしても、『あのとき、ああしなければ』『こうでなければ』と、そんなふうにばかり考えがいってしまうんです」

「それはぼくも同じだよ」

津田は、努めて感情を抑えて言った。

「しかし、おたがいに『たら』『れば』はもうよそう。過ぎてしまったことは変えられない。こうなったら、今後をどうするかを考えなければいけない。それからもうひとつ、ケータイを失くしたのは尚美でも、そのケータイに他人に見られて困るものを入れ込んでしまったのは、ぼくだ。尚美がいやがっていたのに、無理やりケータイであいう写真を撮りはじめて、いつのまにかそれが習慣になってしまって……。いまから考えれば、バカなことをしたと思う。尚美の言うとおりだった。きみといっしょに過ごした夜の思い出は、頭の中にとどめておけばよかったんだ。たとえ、年とともに記憶が霞《かす》んでいっても、写真に残しておくなど、すべきではなかった」

「メールもです。やりとりしたら、すぐ消せばよかった。ふつうの内容じゃなかったんだから」

「ぜんぶ残してあったのか」

「はい。自分から送信したぶんも含めてぜんぶ……。好きな人とのメールは、やっぱり消せなかったから」

「……そうか……」

「津田さんは?」

テーブルの上に出してある津田のケータイを見て、尚美がたずねた。

「そこには、私とのメールは」

「残っているよ」

「消してください」

「わかった。じゃ、あとで消しておく」

「ううん。いますぐに」

「そんなことを言っても、フォルダ別にしているわけじゃないから、仕事メールと仕分けをするのが大変だ。一括消去というわけにはいかないんだよ。いまそんなことに時間を費やすよりも、これからの対策を考えないと」

「ダメ。すぐにこの場でやって。そうじゃないと、イヤ」

「せめて、今夜うちに帰って、パソコンに保存してからにさせてくれないか」

「そんなもの保存しないで!」

「好きな人とのメールを消したくないのは、ぼくだって同じなんだ」

「け、し、て」

「……わかったよ」

尚美の剣幕に押され、津田はしぶしぶケータイの受信メールボックスを開くと、該当するメールを選択して、少しずつ消去していった。

「津田さんから私へ送ったほうも消してくださいね」

「わかってる。数が多いから時間がかかるけどな」

液晶画面から目を離さずに、津田はぶっきらぼうに答えた。そして、無言でメール削除作業に没頭した。尚美も、それを待つ間、うつむいたまま黙りこくっていた。

重苦しい時間が過ぎていき、ウエイトレスがやってきてコップに水をつぎ足す音だけが耳についた。

3

会社に戻ってデスクで仕事をしていた五十嵐拓磨は、部員の行き先を示すホワイトボードの部長と尚美の欄が、いつのまにかどちらも「外・夕方戻り」となっていることに気がついた。本人が書いたものではない。その筆跡は、企画開発部の庶務デスクを務めている、入社二年目の川村智子《かわむらともこ》のものだった。

おそらく津田が尚美のぶんも含めて、ボードにそのように書いておけと智子に電話で指示してきたのだろう。そして、いまごろはふたりで顔面蒼白になって善後策を協議しているに違いない。拓磨はそのように想像しながらパソコンに視線を戻し、また仕事に戻ろうとした。だが、キーボードを打つ手がなかなか進まない。尚美のケータイを拾った人間がどのような行動に出るのか、それが心配で仕事が手につかなかった。

拓磨は、尚美がケータイを誰かに持ち去られたことに関して、自分にも責任があると感じていた。

（尚美さんは、公園のベンチで深刻な考えごとをしていた。そのとき、急にぼくが声をかけたから、あわててケータイを自分の脇に置いた。そして平静を取り繕うのに一生懸命で、ケータイのことを忘れてしまったんだ。彼女のケータイ紛失は、ぼくにも責任がある。だから、どうしても彼女を助けてあげなければならない）

そのときだった。

「おい、拓磨、ちょっと、ちょっと」

と、向こうから小声で呼びかける者がいた。

いかにもオッサンという感じのその声を聞いただけで、拓磨はそれが企画開発部内の不満分子、土屋賢三《けんぞう》だとわかった。パソコンから目を上げると、隣の列の机から、土屋が手招きをしていた。相手の顔も、半分はパソコンに隠れている。

「なんですか」

「いいから、ちょっとこい。いいもの見せてやる」

いま企画開発部はほとんどの人間が外か社内の会議室などに出払っており、ふと気がつくと、デスクで仕事をしているのは土屋と拓磨と庶務デスクの智子だけだった。

「いいか、これを見て驚くなよ」

拓磨が自分のところにやってくると、少し離れた席で伝票の処理をしている智子をチラッと見てから、土屋はいちだんと小声になってささやいた。

「若いおまえさんには刺激が強いかもしれないから、鼻血出すなよ」

「なんですか」

「ほりゃっ」

気合いとともに、土屋はマウスをクリックした。

仕事の文書に隠れていたインターネットの画像が現れた。拓磨は息を呑《の》んだ。全裸でカメラに向かって両脚を広げている女の姿が映し出されていた。顔にも下半身にもモザイクなどかかっていない。

「知ってるか、この女」

「知らないですけど……もしかして」

「そうだよ。千葉店の彼女だ。ふだんは呉服売り場で、おすまし顔でお客さまに対応しているんだろうに、ごらんのとおりの大股《おおまた》開きだ。それから、ほれほれ、ここをよく見てみ」

土屋は、画面の右端を指差した。

どうやらそこはラブホテルの一室らしく、やたらと品の悪い王朝風の鏡が壁に掛かっていた。その鏡に、デジカメを持った撮影者の姿が、これも全裸で映り込んでいた。デジカメの液晶ファインダーを見つめているので、ややうつむき加減だが、男の顔もハッキリ見てとれた。

「じゃあ、この男は」

「そういうことよ。ファイルを流出させた張本人。こちらは紳士服売り場の主任でございますよ。しかしバッカだねー、マヌケだねー。いい歳《とし》こいて、ちんちん丸出しでカメラ持っちゃって。え？　おい。どうすんのよ。しかもこの写真のリンク元のサイトでは、住所も名前も勤務先も晒されてしまってる。彼だけじゃなくて彼女のほうもな。こりゃあ、終わったな」

土屋はうれしそうに声を弾ませた。

「どっちもつれあいと子どもがいるんだぜ。不倫がバレただけでも大騒ぎだろうに、こんな写真が出てみ。どないします？　も、人生終わりだろ、ここまで出ちゃったらさ。いやあ、やっべえよなあ」

「……」

「それからな、動画もあるんだ、動画も。智子がいるから音は出せないけど、ちょっとこの過激さは、アダルトビデオなんてもんじゃございませんよ。心して見ろよ」

「いいです」

「なにが？」

「見たくないです」

「嘘《うそ》つけー、このー」

土屋はニヤニヤ笑った。

「カッコつけんなよお」

「いや、ほんと、いいですから」

そして拓磨は土屋の席から離れると、自分の席には戻らず、エレベーターホールのほうに向かった。

「おーい、もうトイレに駆け込むんかね」

下品な声が聞こえてくるのを無視して、拓磨は下に向かうエレベーターのボタンを押した。とにかく外に出て、気分を変えたかった。画面に大映しになった女の裸身と、野本尚美とが二重写しになったからである。

4

「おい、ちょっと待てよ」

尚美との送受信メールを選択削除している途中で、津田がふと気づいたように言った。

「いま思い出したが、尚美はケータイに端末の暗証番号を設定していたか」

「端末の暗証番号?」

「そうだ。四ケタの暗証番号だよ。それを設定してあれば、いったんケータイの電源を切ったら、つぎに起動するときは暗証番号を要求される。暗証番号を知らなければケータイは使えない。そして、ぼくの電話を受けた人間は無言で通話を切ったあと、こっちから追及されないように、明らかに電源を切っている。だとしたら、もうケータイは使えないはずなんだ」

津田は勢い込んで言ったが、尚美はゆっくりと首を左右に振って、その期待をすぐに断《た》ち切った。

「そういう暗証番号は設定していません」

「設定していない？」

「どんな種類のセキュリティロックもかけていません」

「ほんとかよ」

「ごめんなさい。ケータイを失くすなんてこと、一度も考えていなかったから」

「尚美の性格だから、セキュリティの設定は厳重にやっているものだとばかり思っていた。だから、安心してきみのケータイで写真も撮っていたのに」

「それは関係ないと思います」

尚美が反論した。

「たとえケータイの機能をロックできても、写真は本体じゃなくて、ミニＳＤカードに記録する設定にしているから意味ないです」

「写真をケータイ本体に保存していなかったって？」

「そうです。津田さんがたくさん撮るから、本体のメモリーでは足りなくて、ＳＤカードに保存していたんです。ですから、たとえセキュリティロックがかかって本体が起動しなくても、そのカードを別のケータイに差し込むか、カードリーダーでパソコンに読み込めば見られてしまいます」

「そうだったのか」

津田はガックリと肩を落とした。

「よりによって、いちばん見られちゃまずいデータが、本体とは独立して保存されているとはな……」

津田は自慢のロマンスグレイの髪を掻きむしった。

「これじゃ、千葉店の不祥事のつぎは、ぼくたちの番だ。そうなる前に、なんとか手を打たないと」

「でも、どういう手があるんですか？　ないですよね」

尚美が恐怖と苛立《いらだ》ちとで声を震わせた。そして、テーブル越しに津田のほうに向かって手を伸ばした。

「津田さん、ケータイ貸してください」

「どうするんだ」

「電話会社に連絡して、ケータイを止めてもらいます。とにかく、とりあえず止められるものは止めておかないと」

「いや、待て」

津田が片手で制した。

「そうしないほうがいいかもしれない」

「どうしてですか」

「尚美のケータイを拾って、ぼくの電話にもとりあえず出てみた人間が、どういう行動をとるかを、いま考えていたんだ。まず第一に、拾ってしばらく持っていたが、これから警察に届け出ようかと考えている場合。しかし、これは期待薄だ。届ける意思があったなら、とっくに警察にきていなきゃおかしい。第二に、拾ったケータイを持っていることじたいが罪だと気づき、かといって、いまさら警察に届け出ることもできず、どこかに捨てた場合だ。川でも海でも捨ててくれていたら、それがいちばん助かる結末だが、それを期待するのは楽観的すぎるだろう。他人が落としたケータイを拾って警察に届けないような人間は、必ずその中身を見る。電話帳、メール、そして写真だ。そして、こんなことは言いたくもないが、尚美のケータイの中身を見てしまったら、そうかんたんには捨てられなくなる」

尚美は顔を歪《ゆが》めた。

「したがって、ここから先は悪いケースに入る」

テーブルに載せた自分のケータイをいじりながら、津田はつづけた。

「第三は、ぼくたちのメールや写真を見ても、それをこっそり自分だけで楽しむ場合。第四は、友人などに見せびらかすところまでやる場合。そして第五は、インターネットに画像をのせて、日本中、世界中にばらまいてしまう場合だ」

それを聞いて、尚美の唇が震えた。

「我々にとって最悪の展開は、もちろん、この第五のケースだ。だが、よく考えてみると……いいかい、よく考えてみるとだ、千葉店の不祥事の例などは、人為的な操作で画像をネットにのせたんじゃない。暴露ウイルスに感染して、パソコンにしまっておいた秘密の画像が勝手にネット上に流出してしまった。つまり、恥ずかしい画像がネットに流れたのは人間の仕業ではなく、ウイルスがやったことだ。それをコピーしたりリンクを張ったりして、二次的に騒ぎを増幅させる連中は出てきても、大もとは当事者の失策だから、誰かを罪に問うことはできない。ところがぼくたちの写真がネット上で広まるとしたら、それは拾った人間が手動で操作しなきゃならない。だが、その行為は明らかにプライバシー侵害だ。それぐらいは、誰でもわかることだ。だから、そこまではやらないような気がする」

「じゃあ、拾った人間が仲間内で見せびらかすところどまりだから大丈夫というんですか。それだって私、耐えられない」

「ネットにのせられることに較《くら》べたらずっとマシだけどね。しかし、ぼくにとって現実味を持つのは、そのパターンではない」

「じゃ、私たちは何番目のケースになると津田さんは思ってるんですか」

「六番目だよ」

「六番目？」

「そう。ここまで並べてみた五つのパターンのどれにも属さない、六番目のパターンだ。それは……」

コーヒーを一口飲んでから、津田は言った。

「脅迫だ」

津田は、尚美をじっと見つめた。

「メールや写真をネタにゆすりにくる、ということさ」

「お金を要求してくるということ？」

「それだけで済めばいいが」

津田は含みのある言い方をした。

「拾ったのが男であれば――いや、十中八九そうだと思うが――尚美の裸を見て興奮するかもしれない。そして、金よりもきみ自身を求めてくる可能性もある」

「やめてください、そんな想像は！」

尚美は顔を引《ひ》き攣《つ》らせた。

「冗談じゃないです！」

「ぼくだって、そんなことになってほしくない。でも、いちばんありうるケースだと思っているんだ」

津田は真剣だった。

「だから、その対応を最優先で考えなければならない。そこでだ、脅迫してきそうな相手に対しては、わざと連絡手段を残しておいたほうがいいと思うんだよ。つまり、尚美のケータイを止めずに、そのまま生かしておくんだ」

「どうしてですか。そんなのイヤです」

尚美は首を振って拒絶した。だが、津田は手を伸ばして、興奮する尚美の腕をつかんだ。

「いいかい、ケータイを拾ったやつは、そこにかけてきたぼくの声を聞いている。ケータイでかけたから、登録してある名前も番号もメールアドレスも知ることができる。そしてしゃべった内容からも、ぼくがケータイの持ち主の恋人だな、とわかったはずだ。つまり、写真に写っている男がそうなのだ、とね。そこまでわかれば、脅迫の最初のアプローチは尚美じゃなくて、ぼくのところにくる。ぼくのこのケータイに」

津田は尚美の手を放し、代わりに自分のケータイを取り上げてかざした。

「だからそのときの会話を録音メモにとって、それを決定的な脅迫・恐喝の証拠として残しておくんだよ。そのうえで警察に届ければ、これはたんなる落とし物捜しとは違ってくる」

津田は残ったコーヒーを一気に飲み干し、口もとをぬぐってからつづけた。

「いま拾い主が電源を切っているのは、たぶん今後の出方を検討しているからだろう。自分のスタンスを決めるまでは、こっちと電話で話すのは避けたいんだ。だが、いったん脅迫という路線を決めて、ぼくに連絡をとりはじめたら、電源を入れている時間も長くなるだろう。それは、ケータイから出ている電波によって、脅迫者の位置情報を伝えることにもなるわけだ。だから……」

「イヤです。絶対にイヤです」

尚美は納得しなかった。

「私のケータイに、一日どれぐらいの電話が入ってくると思うんですか。私用も仕事も含めて十何本……忙しいときは何十本にもなりますよ。いまだって、いろいろな人が私のケータイにかけてきて、電源が切れて連絡がつかずに困っているはずです。でも、電源が切られっぱなしならいいけど、私の代わりに拾った相手が出たらどうするんですか。私の仕事相手や友だちと、その男はどんな会話をかわすと思うんですか」

尚美は一気にまくし立てた。

「心配はそれだけじゃありません。拾ったのが変態男だったら、メールや写真を見られるだけでなく、電話という基本的な部分でも、どんな悪用をされるかわからないじゃないですか。その人間が、自分の用事のために私のケータイを使うんだったらいいです。長電話でも、長距離電話でも、国際電話をかけられたって、お金の問題で済みますから。だけど、電話帳に登録してある人たちに勝手に電話やメールをするかもしれないんですよ。そのメールに、津田さんと私の写真を添付して送ったらどうするんですか！　インターネットで見られるのも屈辱だけど、私の仕事相手に裸の写真をばらまかれたら、私は……私は……」

途中から尚美の声が涙で詰まった。

「もう生きていけないじゃないですか」

「そこまでは考えていなかった……」

津田は声を絞り出した。

「たしかに、そんなことをされたら、ぼくだって生きてはいけない」

津田は、自分のケータイを尚美に差し出した。

「わかったよ。すぐに携帯会社に連絡しなさい」

尚美は洟《はな》をすすりながら、津田からケータイを受け取った。そして、まず携帯電話会社の番号を調べるために104を押そうとした。そのとき――

尚美の手の中で、津田のケータイがマナーモードで振動をはじめ、ピンク色の着信ランプが点滅した。

液晶画面を見ると、「尚美」の名前とケータイ番号が出ていた。

尚美は目を見開いた。そして、震える声でつぶやいた。

「きた」

「貸しなさい！」

津田が手を伸ばした。が、尚美は首を横に振った。

「私が出ます」

尚美は通話ボタンを押し、ケータイを耳に当てた。

相手は無言だった。尚美は自分から声を出すつもりはなかったが、相手がしゃべり出して悪意があることが分かったら、一気に怒りをぶちまけようと思っていた。感情をコントロールする自信はなかった。

だが、相手はなおも無言だった。

どんな感じだ？　と、津田が目で問いかけてきた。

まだ何も、と、尚美は首を横に振ることで答えた。

と、唐突に男の声が言った。

「公衆電話から、すぐかけ直す。いったん切って、そのまま待て」

それだけ言って、相手のほうから通話を切った。

尚美も相手の指示にしたがって、終話ボタンを押した。

「どうしたんだ」

津田がきいてきた。

「相手が出たんじゃないのか」

「出ました」

「男か？」

「はい」

「で、なんて言ってきたんだ。なぜ、すぐ切ったんだ」

「公衆電話からかけ直すので、いったん切って待てと言われました」

「公衆電話からかけ直す?」

「もしかしたら、電池の残りが少ないのかもしれません」

そう答えながら尚美は、男がケータイの中身を詳細にわたって見ていったから、電池も消費してしまったのだろうと想像した。気持ちが落ち込む推測だった。

だが、尚美の想像は外れていた。

一分もしないうちに、尚美の手に握られた津田のケータイが振動をはじめた。こんどはブルーの着信ランプで、液晶画面には「公衆電話」と出ていた。

尚美は呼吸を整えた。さっきは、尚美のほうから一言も発せずに終わってしまったが、こんどこそ相手の男に言おうと思った。とにかくケータイを返して、と。

しかし、通話ボタンを押してケータイから流れてきた声を聞いたとたん、尚美の目が驚《きよう》愕《がく》に見開かれた。顔から一気に血の気が引いた。

男の声ではなかった。自分自身の声だった。

(ああ、だめ……いっちゃう)

その声は、あまりにも鮮明だった。

そのあと、言葉にならない喘《あえ》ぎ声。ガサガサと何かが擦《こす》れる音。

それから津田のくぐもった声もまじってきた。

(尚美……尚美……ぼくも……)

津田の荒々しい呼吸とともに、尚美の喘ぎも激しくなり、ついには官能の悲鳴が発せられた。

そして、ふたたび無音になった。

尚美は指先が白くなるほどケータイを強く握りしめながら、目の前の津田を睨《にら》みつけていた。突然の展開に混乱したが、すぐに状況が理解できた。男は尚美のケータイに録音されていたボイスメモを再生し、それを公衆電話を通じて聞かせてきたのだ。

そのボイスメモは、尚美自身が録音した覚えはまったくなかった。津田だ。

津田はアノときの声まで録音していたのだ。ケータイのボイスメモ機能は、一件につき十五秒の音声が録音できる。尚美が快感の嵐に揺られて何もわからなくなっているとき、津田はケータイに手を伸ばして、録音ボタンを押したのだ。

尚美はふだん、その機能を使わなかったから知らなかったが、録音は3《スリー》タッチで操作できる。待ち受け画面の状態から「終了」ボタンを押して液晶画面からカレンダー表示を消し、四方向に操作できるマルチガイドボタンをカセットテープの図柄が記された方向で押し、そして決定ボタンを押す。慣れれば瞬時にできるこの3タッチで、録音は開始される。津田は、おそらく最高のタイミングを見計らってその操作をしたに違いなかった。ボイスメモに録音があれば、液晶画面にその旨のアイコン表示が出る。だが、ボイスメモ機能があることは知っていても、一度もそれを利用したことのない尚美は、画面に録音ありのアイコンが出ていても、それが意味するところにまったく気づかなかった。

しかし、拾った人間は録音の存在に気づいたのだ。そして、具体的な言葉での脅迫よりも何十倍も効果のある方法を選んだ。……これで拾ったのが善人なんかではないことがはっきりした。

(ひどい……津田さん……ひどい)

どうしたんだ、と目で問いかけてくる津田を、尚美は涙に潤んだ瞳《ひとみ》で睨みつづけた。予想外の手段で追いつめられた恐怖と、あまりにも度を超した津田の記録マニアぶりへの怒りとで、涙がどっとあふれて目の前が何も見えなくなった。カフェの店内も、津田の顔も、すべてが涙の底に沈んだ。

その涙の海の中で、尚美は、耳に押し当てたケータイからやっと男の声が流れてくるのを聞いた。言葉ではなかった。笑い声だった。

「クックックッ」

そして、通話は切れた。

第三章　機能停止

1

ベッドでの声を勝手に録音していたという津田の行為は、ケータイを拾った男からそのボイスメモを聞かされた以上に、野本尚美にとって精神的な打撃が大きかった。

津田は、ゴメンで済むと思っているらしかった。ベッドやバスルームでのオールヌードを撮ることまで許し、メールでも露骨な性的表現を綴《つづ》ることに抵抗がなくなってきた尚美だから、無断で録音したことに対しては怒るかもしれないが、声を録《と》ることじたいに不快感はないだろうと思っている様子だった。

大きな勘違いだった。それは女の気持ちをまったくわかっていない、男の独りよがりだった。

ケータイカメラに向かってどんなにセクシーなポーズをとっていても、あくまでそれは尚美が了解している範囲のものだった。それと、まったく無防備な状態での喘《あえ》ぎ声や叫び声を勝手に録音されるのとでは、根本的に意味合いが異《こと》なっていた。尚美にしてみれば、それは世の中に増殖中の変態盗撮男と、なんら変わりはない行為だった。その違いが、津田はわかっていないのだった。

尚美の涙が止まらなくなったのは、ケータイを拾った男からの脅迫のせいよりも、このトラブルに対してともに立ち向かわねばならない唯一のパートナーであるはずの津田茂の人格を信じられなくなったショックによるほうが大きかった。

ロマンスグレイの端整な顔立ちと頼もしい性格とで、女性社員から「理想の上司ナンバーワン」に選ばれた津田と交際していることは、尚美にとってひそかな誇りだった。相手の家庭を壊す行為だとわかっていてもなお不倫関係へと突き進んだのも、それだけ津田の男としての魅力が素晴らしいものだったからだ。

その前提が、たったひとつの行為によって壊れてしまった。

携帯電話会社にケータイ紛失の連絡電話を早くしなければならなかったが、涙が止まらなくて、とてもすぐに電話ができる状態になかった。カフェのウエイトレスも、近くの席の客も、嗚咽《おえつ》が止まらない尚美のほうをしきりにチラチラと見ていた。そうした視線を浴びて、津田は落ち着かない気分だった。

（どうせ、別れ話のもつれとみられているんだろうな）

周囲の好奇の眼差《まなざ》しを感じながら、津田は苦々しく思った。そして、自分たちを見ている連中にこう言いたかった。

（こっちは別れ話どころじゃないんだぞ）

しかし、津田は知らなかった。すでに尚美が、まさにその別れ話を考えはじめていることを。尚美の涙は、最も恥ずかしい声を材料に脅迫されたことのショックによるものだとばかり思っていた。まさか彼女の心の中で、脅迫者と並んで津田も唾棄《だき》すべき人間の部類に入れられたとは夢にも思っていなかった。

男と違って、女はたったひとつのきっかけで、一気に情熱が冷める生き物であることを、津田はまったく認識していなかった。身体《からだ》の関係が濃密であることが、すべての「保証書」になっていると信じて疑わなかった。

「尚美……」

津田は小声でささやいた。

「とりあえずアレだから、どこかほかに場所を移すか」

だが、尚美は涙をこぼしながら首を横に振った。津田のケータイを片手に握りしめたまま……。

ケータイの回線ストップを求める電話をかけられるようになるまでには、まだもう少し時間がかかりそうだった。

2

新宿中央公園の片隅に張った小さなドーム型テントの中で、矢ヶ崎則男《やがさきのりお》は「クックックッ」という不気味な笑い声を残して通話を切ると、こんどは声を出さずにニヤリと笑った。

小さな公園で見つけたシャンパンゴールドのケータイは、ベージュ色のテント生地を透かして入ってくる春の陽光に染められて、ますます黄金のように輝いていた。それは矢ヶ崎にとって、天からの贈り物に思えた。

自分の本拠地である新宿中央公園のテントの中に持ち帰ってから、つい先ほどまで一時間ほどかけてじっくりとその中身を点検した矢ヶ崎は、驚きとうれしさとで、何度も叫び声を上げていた。

ただのケータイではなかった。持ち主の女と、その不倫相手の男が恥ずかしげもなく裸身を晒《さら》した多数の画像と、そのときの音声と、官能小説顔負けの淫《みだ》らな表現に充《み》ちたメールが保存された、究極のプライバシーが詰まった宝の箱だった。

しかも、写真で見る持ち主の女性は美人だった。矢ヶ崎が会社をクビになり、人生の転落のきっかけとなった昨夏のストーカー事件——そのときにつきまとった女性よりも数段美しく、そしてはるかに淫らだった。

このケータイの持ち主は、すべてを矢ヶ崎の前にさらけだしていた。津田もいっしょに写っているショットはともかく、尚美ひとりの画像は、矢ヶ崎を異様に興奮させた。まるで彼自身が、その写真を撮ったかのような気持ちにさせたからである。

おまけに、たった一件だけではあったが、録音メモには彼女の官能の喘ぎ声が入っていた。ふつうにしゃべる声を知る前に、快楽の絶頂にある悶《もだ》え声を先に聞いてしまったのだ。これ以上の刺激はなかった。

これほどの宝物を手に入れてしまったら、写真を見るだけではガマンできず、本人に直接会いたくなるのはあたりまえだった。矢ヶ崎の身を滅ぼしたストーカー体質が、またぞろ首をもたげてきた。

しかし、とりあえずわかったのは、不倫カップルの男に関する情報のほうが多いことだった。草むらで鳴りつづけるケータイを拾ったとき、「津田部長」と液晶画面に出たことから、ケータイに登録された電話帳で「つ」の欄をまず調べてみると、「津田部長」の項目に、彼のケータイ番号とケータイ用とパソコン用の二種類のメールアドレスが記載されていた。

パソコン用のアドレスから、勤務先の社名も容易に想像がついた。@のあとにつづいて「tokyo_hyakkaten」というドメイン名が続いていたからだ。つまり東京百貨店である。会社の直通電話番号も載っていた。また、自宅の住所と電話番号も載っていた。さすがにケータイ所有者にとっての不倫相手だけあって、「津田部長」に関する個人情報は詳細に登録されていた。

マンションの部屋番号と思われる505という数字で終わる住所は、都内の杉並区阿佐《あさ》谷《がや》北になっていた。きっと、そこには妻や子どもがいっしょに住んでいるに違いない。これは面白くなってきた、と矢ヶ崎は別の意味でも興奮した。女を追い回すだけでなく、男を脅《おど》せる材料が揃《そろ》ったからだ。

(妻子にないしょで、こんないい女を愛人にしている「津田部長」という野郎は、東京百貨店の部長ということか。そして、女もそこに勤めているわけだ)

その女については、最初に津田からの電話を受けたとき、「ナオミ」と二度ほど呼びかけてきたことから、漢字はわからないが、ともかく「ナオミ」という名前であることはっかんでいた。

最初の段階では、尚美が店舗とは別の建物になる本社勤務であることまではわからなかったため、矢ヶ崎は、彼女が東京百貨店のどこかの店で売り場に出ているのだろうと考えた。

そのナオミの個人情報だが、拾得したケータイの番号は、もちろんすぐにわかる。決定ボタン＋0を押せば番号は出てくる。では、ケータイの所有者であるナオミの個人情報は、ほかにどんなことがわかるだろうか。矢ヶ崎は考えた。

彼は、いまでこそ風呂《ふろ》に一カ月近くも入っていない惨《みじ》めな姿になっていたが、煮染《にし》めたように汚れたワイシャツも、かつては毎朝ピシッと糊《のり》が利いた清潔な状態で出勤していたビジネスマンである。借金取りに追われる逃亡生活でケータイも捨ててしまっていたが、会社で順調に働いていたときは、当然のごとくケータイもフル活用していた。だから、ケータイの所有者に関する個人情報を読み取る方法は心得ていた。

電話番号と違ってメールアドレスについては、ケータイ本体のボタンを押せば出てくるものではない。また、送信メールをチェックしてもわからない。もしも矢ヶ崎が自分のケータイも持っていたなら、尚美のケータイから自分のほうへ空メールでも送ればアドレスは出る。しかし、受信するもうひとつのケータイやパソコンがない。

その場合でも、矢ヶ崎はメールアドレスを知る方法を心得ていた。尚美のケータイから携帯電話会社のサイトに接続し、「料金&お申し込み・設定」を選択、「かんたんメール設定」から「詳細な設定」へと進んで「メール設定確認」を選んで押せば、現在設定されているメールアドレスが表示されるのだ。

汗と脂と垢《あか》で汚れた矢ヶ崎のスーツの内ポケットには、クビになった会社で使っていた昨年度版の社員手帳が、メモ代わりに使うために、いまも入っていた。先がだいぶ丸まっている鉛筆も挿《さ》してあった。それを広げて、矢ヶ崎はこれまでに把握した「津田部長」と「ナオミ」の個人情報を書き写していった。

ケータイを拾ったあと立ち止まった交差点では、そのシャンパンゴールドのケータイによだれまみれのキスをするという変態ぶりをさらした矢ヶ崎だったが、ストーカー行為に関わることになると、突然、彼の頭脳は天才的に働きはじめる。もともと頭の悪い人間ではないからだ。少年時代の学校の成績も、決して悪くはない。それどころか、良いほうから数えたほうが早かった。

頭の良《よ》し悪《あ》しと、性的な嗜好《しこう》とは関係がない。また、頭の良し悪しと、自暴自棄になるかならないかも関係がない。それらの法則は、矢ヶ崎自身が痛感している世の真理だった。頭が良くても性犯罪に走り、人生の激変に正しく対応できず、投げやりな態度ですべてを失う人間もいるのだ。学業の成績で順番をつけ、それがあたかも人間性の順番でもあるかのように錯覚させる学校教育は、人間の本質を知らない者が決めたシステムだと、矢ヶ崎は自虐的に思っていた。

家族も住まいも失い、衛生観念も失って、風呂に入らないまま無気力なホームレス生活に転じていた矢ヶ崎だったが、シャンパンゴールドのケータイに保存された秘密を見たとたん、忘れていた性への衝動が蘇《よみがえ》った。「この写真の女とやりたい」という欲望が、鈍っていた彼の知恵を復活させた。

矢ヶ崎は、ケータイに登録された電話帳のメモリ番号にも目をつけた。電話番号を登録した際のメモリ番号が０００から００９の相手先に関しては、その末尾となる０から９までの一ケタの数字を押し、通話ボタンを押せばすぐにつながる短縮ダイヤル機能が与えられる。だから、通話頻度がとくに高い相手や、個人的に重要度の高い相手にそれを割り振るのが通常だった。その短縮ダイヤルに登録された顔ぶれを調べれば、ナオミの生活環境が浮かび上がってくるはずだ、と矢ヶ崎は推理した。

案の定、「津田部長」のメモリ番号は先頭の０００だった。つまり、０＋通話ボタンで即、不倫相手につながるわけだ。００１は「企画開発部」という登録だった。ここから矢ヶ崎は、ナオミは東京百貨店の企画開発部に所属する社員であることを読み取った。どこかの店舗にいるのではなさそうだった。

００２は「実家」になっていた。市外局番は０４５ではじまる。東京在住の人間なら、その市外局番はなじみがある。横浜《よこはま》市だ。

（なるほど、親は横浜に住んでいるわけだ）

ナオミの生活環境の輪郭が、しだいにはっきりしてきた。

００３は「ママケータイ」、００４が「パパケータイ」。

ケータイに保存された写真で判断するかぎり、ナオミは二十代半ばから三十そこそこにみえたが、そのセクシーで大人びた理知的な風貌《ふうぼう》と、「パパ」「ママ」という呼び方が、ちょっとそぐわない感じがした。

そして００５の番号に「マンション管理室」とあるのを見て、矢ヶ崎の目が光った。その市内局番が都内城南《じょうなん》地域あたりの番号だということを知っている。矢ヶ崎は、すぐに電話番号を出して、「サブメニュー」から「編集」を選択し、その項目について登録してある情報一覧を見た。

「おー」

矢ヶ崎の口から声が洩《も》れた。

マンション管理室の項目には電話番号だけでなく、郵便番号と住所も登録してあった。

東京都目黒区緑が丘一丁目だった。マンション名も記してある。ニューグリーンプラザ。

矢ヶ崎は知るよしもなかったが、野本尚美はこのマンションにわずか十日前に引っ越してきたばかりだった。だから、引っ越し前の段階で、こんど移る新居の郵便番号と住所を、マンション管理室の電話番号とともに登録しておいたのだった。自宅の住所をケータイに登録するのは危険だと尚美も頭の片隅でわかっていたが、マンション管理室の住所として、しかも引っ越し前に登録したデータだったから、そのままになっていた。

矢ヶ崎は興奮した。意外に早く、生身のターゲットにたどり着けそうだった。

メモリ番号006と007にはデータがなかったが、008は興味深い表示になっていた。「留守電」とある。矢ヶ崎は、すぐにはその意味がわからずに、ともかく決定ボタンを押して、電話番号を出してみた。

いまチェックしたばかりのマンション管理室と同じ市内局番だった。それで理解できた。これはナオミの部屋の固定電話に違いなかった。外から固定電話にかかってきた留守電をチェックするために、その番号を短縮登録してあるのだ。

それを「自宅」と表示せずに「留守電」として登録し、また「実家」の番号が別に登録してあったところからしても、ナオミはそのマンションに独り住まいであると矢ヶ崎は確信した。

ストーカーは、個人情報の収得にかけては異様な嗅覚《きゅうかく》を発揮する。矢ヶ崎は探偵のように、一気にそこまで推理を進めた。

（独り暮らしということは……なにかと都合がいい）

早くもその部屋でナオミを押し倒しているイメージが頭に浮かんだ。そして、ためしにその番号にかけてみることにした。「8」を押して、通話ボタンを押す。緊張ではなく、興奮で矢ヶ崎の胸が高鳴った。

何度かコール音がしたあと、留守電の応答メッセージに切り替わった。

「はい。ただいま電話に出られませんので、信号音のあとにご用件をお吹き込みください」

残念ながら、彼女は苗字を名乗っていなかった。「ただいま留守にしています」という表現も使っていなかった。女性の独り暮らしとして常識ともいえる配慮をした応答メッセージだった。ただし、その言い回しは類型的でも、声はプリインストールされたＩＣ音声ではなく、ナオミの肉声だった。

（いい声だ）

官能の喘ぎ声もたまらなかったが、ふつうにしゃべる声も、落ち着いたトーンでセクシーだった。写真のイメージどおりの声だった。

しかし矢ヶ崎は、ピーッと録音を促す信号音が聞こえても、何もメッセージを吹き込まなかった。相手は当然ナンバーディスプレイ付きの固定電話だろうから、その表示を見れば、失《な》くした自分のケータイからの発信であることがわかるはずだった。とりあえず、最初の挨拶《あいさつ》はそれでじゅうぶんだと思った。

矢ヶ崎は去年の経験から、追いかける女性をあまり怖がらせては、何にもならないことを学んでいた。だから恐喝の対象はナオミではなく、「津田部長」にするつもりでいた。

そこで彼は、津田にあられもない嬌声《きょうせい》の録音を聞かせてやろうと思った。そうすれば、東京百貨店の部長さんは顔面蒼白になるだろうと。それは多分に嫉妬《しっと》の感情が入り交じった作戦だった。

しかし、まさか津田ではなく、ナオミのほうがその電話を取るとは矢ヶ崎は思ってもみなかった。電話が通じたあとも、尚美がずっと無言を貫いていたために、矢ヶ崎は津田が聞いているものと信じ込んでいた。「クックックッ」という不気味な笑いも、美しいナオミを好きなように弄《もてあそ》んでいる津田を脅かすためであって、自分が一瞬で恋した女のほうを怖がらせるつもりなど毛頭なかった。

そして、電話の向こうでどういう事態が起きているかを知らないまま、矢ヶ崎は電話を切った。

3

矢ヶ崎則男は、つぎのステップに移るための行動計画を頭の中で整理した。

まず、一ヵ月以上も風呂に入っていなかった身体を少しは清潔にして、伸び放題だったヒゲも剃《そ》り、服を着替える必要があった。下着と靴下だけは一組だけ替えを持っていて、それを公園の水道で洗いながら使い回していたが、ワイシャツは一度も替えず、髪も身体も一ヵ月間洗っていなかった。彼は自分がふりまく悪臭には完全に麻痺《まひ》しており、自分で自分を臭いと感じることはまったくなくなっていた。だが、周囲の人間の反応をみれば、相当ひどいものだとわかってはいた。

（こんな状態で、美しいナオミさんに近づくのは失礼だ）

矢ヶ崎はそう思った。逃亡生活において、日常の食べ物を得るためにさえ金を遣うこともなく、持ち金の三万円プラスわずかな小銭はほとんど減っていなかったが、ひさしぶりに「物を買う」「利用の対価を払う」という貨幣経済へ戻ることにした。すなわち、新しい下着を買い、銭湯に入ることだった。

異臭が染みついたスーツも脱がねばならない。ただし、悪臭を放ったまま洋品店などへは入れない。だが、矢ヶ崎には考えがあった。

彼は猛烈な悪臭をふりまきながら新宿中央公園からいちばん近いコンビニに入り、そこにいた客や店員が露骨に顔をしかめるのもかまわず、買い物カゴにいくつかの商品を投げ入れた。

歯ブラシセット、安手の使い捨て安全カミソリ、ミニサイズのシャンプー、タオル、パンツ、靴下、ランニングシャツ、スプレー式の男性用コロン、大小ふたつのサイズの青いビニール袋、そして、電池と電池式のケータイ充電器だった。

最後の品物はとくに重要だった。大切なケータイのバッテリーを切らせてしまっては、何にもならないからだ。

そして矢ヶ崎は、彼の悪臭に耐えかねた客が口もとを押さえて出ていったりするのを見ると、買い物カゴに入れたコロンのスプレーを取り出し、まだ精算前なのに開封して、シューッと音を立てて自分の身体に振りかけた。

レジ係が異変を察して身をこわばらせた。手が棚の下に伸びるのが見てとれた。緊急通報ボタンを押すつもりかもしれない。

警察に通報されるとまずいと思った矢ヶ崎は、すぐにスプレーするのをやめて声を張り上げた。

「だいじょうぶ、だいじょうぶ。買うんだから。ちゃんと金払うんだから。ただ、おれ、臭くて迷惑かけているみたいだからさ、先に使っちゃったわけ。ほら、ちゃんと金持ってるし」

ヒゲ面から黄色く汚れた歯をむき出して笑う矢ヶ崎の姿は、おせじにも信用できる風貌とは言い難かったが、彼の手に一万円札が握られているのを見て、とりあえず店員は棚の下から手を出した。

「悪いねえ、おれ、病気していて、しばらく風呂に入れなかったもんでね」

嘘の言い訳を並べ立てながら、矢ヶ崎は商品を入れた買い物カゴをレジの前にドンと置いた。そして、もう一方の手に尚美のケータイを持ち、無意識にいじっているうちに、レジ脇に置かれた電子マネーEdyの読み取り機に目が行き、ふと思いついた。

(待てよ、おサイフケータイに金が入っているんじゃないかな)

二〇〇四年にNTTドコモが「おサイフケータイ」を搭載して以来、いまでは多くのケータイが、この非接触型の電子マネー機能を採り入れていた。読み取り機にケータイをかざせば、そのケータイに記録されている金額を現金同様に支払いにあてられるシステムである。現在のところ、一度に入金できる金額は二万五千円で、最大五万円まで入れておくことができる。

矢ヶ崎は、いまだ彼に対する警戒の表情を解いていない店員に向かって、シャンパンゴールドのケータイをかざした。

「このおサイフケータイにいまいくら入ってるか、確認したいんだけど」

「はい」

店員は矢ヶ崎を上目遣いで見てから、Ｅｄｙに連動したレジを操作して、矢ヶ崎にケータイを読み取り機にかざすように言った。そして、レジに出たデジタル数字を読み上げた。

「残高二万七千五百二十一円ですね」

その答えに、矢ヶ崎の目が輝いた。予想外の「臨時収入」だった。

「ちょっと待って。買う物、追加するから」

矢ヶ崎は急いで弁当コーナーへ行き、四百八十円の特製ハンバーグ弁当を取り上げた。それから紙パックの野菜ジュースも添えてレジに戻ってきた。

「お弁当、温めますか」

「うん！」

矢ヶ崎は元気に返事をした。

なにか大きなツキが自分に回ってきたという気がした。

4

野本尚美は、おしぼりで目もとを冷やしつづけ、ようやく涙を抑えることができた。そして、鼻声ながらも電話ができる状態になったので、携帯電話会社に回線の停止を求める電話をかけた。

紛失係のオペレーターは、尚美にケータイ番号をきいたあと、本人確認のためとして、住所と生年月日をたずねた。それからこう言った。

「おまかせロックをこちらからかけることもできますが、どうなさいますか」

「おまかせロック？」

洟《はな》をすすりながら尚美が問い返すと、係は事務的な声で答えた。

「はい。おまかせロックを申し込まれますと、失くしたケータイを第三者が拾って電源を入れても、ケータイのボタン操作がまったくできなくなりますので、電話やメールができないのはもちろん、電話帳や保存メール、それに画像を見ることもできません」

「え、そうなんですか」

尚美は、自分の認識がまったく間違っていたことを、いまになって知った。ケータイの利用停止を申し入れたとき、止まるのは通信機能だけだと思っていたのだ。津田も同じ誤解をしていた。最新機種はセキュリティ機能が向上し、通話やメール送受信だけでなく、個人情報の詰まったICカードを携帯電話会社のほうから強制的に遠隔ロックすることができるようになっていた。

「じゃあ、ボイスメモのデータとかも聞けなくなるんですか」

「はい、そうなります」

「ケータイカメラで撮った画像も見られなくなるんですか」

「お客さまが画像の保存先を本体ではなく、SDカードなどの外部記録メディアに設定していらっしゃいましたら、そのカードまでは制御できませんので、カードを抜き取られれば、ほかのケータイやパソコンで画像は見られます。でも、そうした外部メディアに保存された画像も、そのケータイでは見られなくなります」

「………」

なんということだろう、と尚美は悔やんだ。

ベンチの周りにないとわかった瞬間に、捜すのはやめて、すぐ津田か拓磨のケータイを借りて、紛失を届けるべきだったのだ。そうしていれば、男に「あのとき」の声を聞かれることもなかったし、恥ずかしい画像を見られることもなかったのだ。その存在に思い至り、わざわざSDカードを他の機器に差し込むまでする人はまれだろうから。

「それから……」

呆然《ぼうぜん》としている尚美の耳に、電話会社の係の声が響いた。

「おサイフケータイについても、ICカードの遠隔ロックによって使えなくなりますので、その時点からお金を使われてしまう心配はなくなります。いったんロックがかかったICカードは、たとえほかのケータイに移し替えても機能はしません。ただ、このおまかせロックでケータイを無効にするには、失くされたケータイが電波の届く地域にいることが条件ですが、仮にいま圏外であっても、一年以内に通信が復活すれば、その時点で自動的にロックがかかります」

係員の詳細な説明も、後悔でいっぱいになっている尚美にとっては、右の耳から左の耳へと流れていった。おサイフケータイには、たしか二万五千円以上が残っていたと思ったが、そんなことはどうでもいい。これだけケータイを仕事や私生活で活用していながら、それを紛失したときにとるべき対応や、どこまで情報を守れるのかという知識を持っていなかったことを、尚美は痛烈に後悔していた。

以前、尚美はインターネットの百科事典サイトで、ケータイを盗難紛失した際に、回線を停止しても電子マネーの機能が同時に停止することにはならないと書いてあったのを読んだ記憶があり、それが頭に残っていたので、ほかのデータも同じように読まれてしまうのだろうとあきらめていた。だが、ネット百科事典の記述には間違いが多く、間違いとまでいかなくても表現が不正確であるものが非常に多いのは常識だった。専門家だけでなく、ネットにアクセスできれば、誰でも自由に書き込み、編集ができるからだった。知ったかぶりの誤った記述が誰からも訂正されることなく残っていることも多々ある。それがネット百科事典の実情なのに、尚美は無意識のうちに正しい情報だと信じて頭に入れたのが誤りだった。

たしかにおサイフケータイは、ケータイの電波とは無関係に、電源さえ入っていれば使用できる。だからといって、おサイフケータイの機能を遠隔ロックできないということではない。紛失したケータイが圏外にありつづける場合は、電子マネーの取り扱い会社に連絡を取らなければ、おサイフケータイを使われる可能性があるが、ケータイが圏内にあれば、おまかせロックの手続きによって、ただちに機能が停止する。電子マネーだけでなく、画像や音声メモや電話帳もそうなのだ。外部記録メディアに保存したデータを除いて。

「そのロックをかければ……」

か細い声で尚美は確認した。

「落としたケータイを拾った人がいても、絶対に使えないんですね」

「ふたつのボタンだけはロックをかけたあとも有効です。電源のオンオフと、電話の着信を受けるためのボタンです。これは、ケータイが交番などに届けられた場合、落とし主のほうから一方通行の連絡がとれるようにするためです。それ以外の操作は一切できません」

「じゃ、それをおねがいします」

すでに手遅れだった虚しさを感じながら、それでも何も手を打たないよりはマシだと思って、尚美はケータイの一時利用停止と、オールロックとICカードロックの双方を合わせた、おまかせロックを依頼した。

「では、最後に」

係の女性が言った。

「ケータイが見つかって利用を再開するときのために、四ケタの解除番号を決めていただきたいのですが」

「四ケタですか。じゃあ……」

尚美は、スーツケースなどのダイヤルロックによく使う数字を答えた。

「７０３３でおねがいします」

それは「なおみ・さん」を数字に置き換えたものだった。

「７０３３ですね。かしこまりました。それでは係の片岡《かたおか》が承りました」


電話を切ってから、尚美は無言で津田にケータイを返した。

「どんな話だった？　通話以外にも、画像とか見られないようにできるんだって？」

やりとりを聞いていた津田が、尚美に説明を求めてきた。

「ＳＤカードに保存した画像以外は見られないそうです。そのカードの画像も、とりあえず私のケータイでは見られなくなるということです」

「録音は？」

「……」

「なあ、録音はどうだって」

「それも、もう聞けなくなります」

「よかったなあ」

津田は、ホッとした表情を浮かべた。

「とりあえず最悪のパターンは免れそうじゃないか」

だが尚美にしてみれば、「なにがよかった、なの」と言いたい気分だった。ＳＤカードに保存した画像が、不気味な男の手元にある状況に変わりはなかったし、何よりも、津田がひどい行為をしていたことに変わりはないのだ。

「で、どうする、これから」

「とりあえず会社に戻らないと」

腕時計を見て、尚美は素っ気なく答えた。

すでに時刻は午後三時を過ぎていた。

「うん、わかった。戻ろう」

津田は伝票をつかんで立ち上がった。

「とにかく、きょうの仕事が片づいたら、もう一度ゆっくり対応策を考えよう」

「もちろん、旅行は中止ですよね」

尚美も立ち上がりながら、当然のように念を押した。

「いや、でも……」

津田が口ごもった。

「でも？」

「どっちにしても、こちらから打てる手はぜんぶ打ったんだし、むしろこの二日間、ぼくたちはいっしょにいたほうがいいと思う」

「いやです」

尚美はキッパリと言い切り、唖然《あぜん》とする津田を残して、先に出口のほうへ進んでいった。

5

矢ヶ崎則男は、コンビニで買った特製ハンバーグ弁当を、近くのベンチに腰掛けてガツガツと食べた。これまで、ホームレス支援の人々が用意してくれた炊き出しの世話になったこともあった。そんなときの温かいおにぎりや豚汁は、腹に染みわたるだけでなく、心にも沁《し》みて涙を流しながら食べたものだった。しかし、いまコンビニの電子レンジで温めてもらった弁当の味も格別だった。ひさしぶりに金を出して買って食べたものだったからである。

(ナオミさん、ありがとう)

弁当をたいらげ、野菜ジュースをストローで飲み干したあと、矢ヶ崎は心の中で感謝の言葉を述べた。

（きみの美しい裸と、きみの甘い喘ぎ声と、きみのいやらしいメールの数々。そして二万七千円のお金。それらすべてをぼくにくれたきみは、天使だよ。ほんとうにありがとう。もうすぐ直接お礼を言いにいくからね。それまで待っててね）

矢ヶ崎は、シャンパンゴールドのケータイにキスをした。こんどのキスは、あっさりとスマートなものだった。

彼は笑顔でコロンのスプレーを改めて自分に吹きかけると、ベンチから立ち上がった。そして、さっきのコンビニまで戻って、店の前のゴミ箱に弁当の空き箱を捨て、方向を変えて銭湯に向かった。

彼が持つ尚美のケータイは、電源を切ってあった。バッテリーの節約と、よけいな電話を受けたくなかったからだ。そのおかげで――矢ヶ崎はまったく意識していなかったが――携帯電話会社から発信されつづけている遠隔ロックの命令電波は、まだ尚美のケータイに対して作動していなかった。

携帯電話会社の係は、ケータイが圏外にあれば遠隔ロックは効かないと尚美に説明していたが、電波の届くエリアにいても電源を切っていれば同じことだった。

拾われたケータイは、まだ機能停止にはなっていなかったのだ。

6

暗澹《あんたん》とした気分で尚美と津田が本社ビルに戻ってきたのは、三時半になろうとするころだった。ふたりの顔色は病人のように青白かった。とくに尚美のほうは、涙を流した跡をなんとか化粧を直してごまかしていた。だが、多くの社員はふたりの異変に気づかなかった。ただひとり、五十嵐拓磨を除いては。

オフィスに戻ったふたりは、とりあえず不在にしていた間の仕事を処理することに時間を費やした。しかし、仕事に追われればケータイ紛失の事実と、津田のした行為を忘れられるというものでもなかった。そして皮肉にも、オフィスでも尚美の気分を暗くさせるような事態が待ちかまえていた。

ひとつは、土屋賢三が見つけた千葉店の不倫カップルの流出画像について、社内のあちこちで——もちろん全員が男性社員だったが——閲覧がはじまっていることだった。今回に限っては、男性社員が業務上のパソコンでそれを見ているのを、表立って注意する管理職はいなかった。アダルトサイトを見ているのとは異なり、東京百貨店じたいの問題だったからだ。男性管理職の中にも、こっそりと自分のパソコンでそれを見ている者が大勢いた。

だが、土屋のように盛り上がっている者もいたが、むしろ同僚を襲ったネット時代ならではの悲劇に、声を失うという反応を示す者のほうが多かった。そして広報部には、マスコミからの取材電話が殺到していた。

部長の津田が戻ってきたことで土屋も画像の閲覧をやめ、企画開発部はその件に関しては静かだったが、本社全体がその話題で揺れているのは、尚美も肌で感じ取ることができた。それが決して他人事《ひとごと》ではなく、明日は我が身かもしれないと思うと、胃がキリキリと絞られるように痛くなった。ケータイに遠隔ロックがかかったあとも——実際には、まだ作動していなかったが——ミニSDカードに記録された無数の画像は、変態男の好きに使用できる。

もうひとつ、尚美の気分を沈ませる出来事が起きた。それは、本来なら逆に彼女の気分を高揚させる出来事であるはずだった。

東京百貨店を統率する最高責任者である社長が、最上階の社長室からわざわざ九階の企画開発部まで下りてきて、店舗横断の食品売り場リニューアルプロジェクトでチーフを務めることになった尚美を激励にきたのだ。

「野本君、本店のリニューアルではよくがんばってくれたなあ」

六十七歳とは思えぬバイタリティと、気取らぬ豪放磊落《らいらく》な性格で人気のある社長の佐々《さ》木慶一郎《きけいいちろう》は、フロア中に響く大声で尚美に呼びかけた。

「きみのおかげで地下食品売り場のみならず、新宿本店全体に活気が出てきた。地下への顧客誘導が、ほかのフロアにも明らかに好影響を与えているという数字が出ているんだ。そしてこの戦略を他店に広げることで、我が東京百貨店は企業全体としての大きな勢いを得ることになる。その新プロジェクトの統括チーフに就任することは、聞いているだろうな」

「は、はい」

立ち上がりながら、尚美は答えた。答える声がかすれていた。

「どうした。なんだか元気がないな。大役にビビッたか」

「いえ……あ、はい、たしかに、そうかも……しれま……せん」

「いいんだよ。きみはまだ若い。多少の失敗をしたって、かまやせんよ。いいかね、野本君、自分の若さを引け目に感じることはない。若さとは、社長の私でさえ、もう持つことのできない武器なんだ。私だけでなく、ふだん偉そうにしている役員たちも、そこにいるきみの上司である津田部長も、とっくの昔に捨ててしまった武器だよ。その若さを、きみは持っているんだ。そのことだけをもってしても、莫大《ばくだい》なエネルギーを要するプロジェクトのチーフとして、うってつけではないか。なあ、津田」

社長に急に話を向けられ、津田は椅子《いす》をガタガタ鳴らしながらあわてて立ち上がり、必死に作り笑いを浮かべて言った。

「おっしゃるとおりです、社長」

「いいかね、野本君」

ふたたび尚美に向き直って、佐々木は言った。

「きみが萎縮《いしゅく》してもらっては困るんだよ。それではきみを大抜擢《だいばってき》した意味がなくなる。もう一度繰り返すが、若いときの失敗はいくらでも取り返せる。きみの年齢なら、取り戻せない失敗などない。だから、おもいきりチャレンジしてみてくれたまえ。……おお、そうだ。こんどいっぺんな、メシでも食おうや」

若くても取り戻せない失敗をしてしまった尚美の心境など知るよしもない社長は、満面の笑みを尚美に向けたあと、また津田をふり返った。

「おい、津田。おまえもいっしょにこい。野本君を優秀な社員として育ててくれた礼を兼ねて、ごちそうしてやる。明後日《あさって》の晩はどうだ」

「あ、あ、明後日ですか」

急な話に、津田の舌がもつれた。

本来なら、津田は尚美と二日間の休みをとって箱根に旅行にいくはずだった。こんな出来事があっても、いや、追いつめられた出来事に見舞われたからこそ、津田は予定どおりふたりで箱根に出かけ、そこで変わることのない愛の絆《きずな》を確かめたかった。

だが、尚美の拒絶によって、旅行は中止せざるをえない状況になっていた。だから木曜日の休みをキャンセルして、社長のおよばれになることに物理的な支障はない。ただ問題は、明後日の夜も、まだ津田と尚美は社長のおぼえめでたい存在でいられるかどうかだった。いつ、千葉店のふたりと同じ状況に陥っても不思議ではないのだ。

しかし、せっかちな社長の佐々木は、津田の返事を待つまでもなく、自分でどんどん話を進めていった。

「野本君、何かこれが食べたいというものがあるかね。きみが主役なんだから、きみの好きな料理を言いなさい。私はね、歩くミシュランと言われてるぐらい、食べ物の店には詳しいんだ。どんな分野の料理でも、とっておきの店に案内しよう。フレンチでもイタリアンでも、ステーキでも懐石でも寿司でも、どれでもいいぞ」

「私は……なんでも」

なんでもどころか、尚美は、どんな料理も喉《のど》を通りそうになかった。

「なんでもいいです、か？　まあ、きみの歳《とし》じゃあ、社長の私にどこどこへ連れていけと厚かましいリクエストはできんだろうなあ。あはははは」

佐々木は豪快に笑った。

「じゃあ、これは新宿本店のプロジェクト大成功をお祝いするめでたい席ということで、鯛《たい》にしよう。めで……鯛、ということで鯛めしだ。わははははは、昔から祝いの場には鯛だからな。おい、津田」

こんどは部長席のほうをふり向かず、尚美を見つめたまま、佐々木は背後にいる津田に向かって言った。

「秘書室に電話をしてだな、木曜日の六時に鯛めしの席を三人、予約するように伝えてくれ。店の名前は言わんでもわかる。では野本君、明後日の晩にゆっくりやろう」

尚美の肩をポンと叩《たた》くと、佐々木は急ぎ足で廊下をエレベーターホールのほうへ去っていった。

その後ろ姿を、尚美と津田は立ったまま複雑な表情で見送った。やがて、どちらからともなく目を合わせ、すぐたがいに目をそらすと、ふたり同時のタイミングで席に腰を下ろした。

津田は硬い表情で社長秘書室に電話をかけ、尚美は、そのままぼんやりと視線を宙に泳がせていた。

(社長は、千葉店で起きた不祥事を知らないはずがない。そのことをどう思っているんだろう。その失敗も取り戻せると考えているのだろうか。それとも、当事者の男性社員がもう中年の域だから、その歳になっての失敗は許せないと思っているのだろうか。知りたい……社長の考えを……)

心の中でつぶやく尚美の視界に、土屋賢三がニヤニヤ笑いながら自分のほうに近づいてくる姿が映った。ハッとして彼の姿に焦点を合わせると、土屋は張り子の虎のように首を左右に揺らしながら言った。

「どうしました、野本さん。ボーッとして。社長のお眼鏡にかなって、夢見心地といったところですかね」

そう言うと、土屋は尚美の肩に手を載せ、二度ほどギュッギュッと揉《も》んだあと、トイレのほうへ去っていった。

セクハラに値する土屋のふるまいに怒る気力も今はなく、尚美はため息をついてうつむいた。

その様子を、五十嵐拓磨が自分の席からじっと見ていた。

7

コロンを吹きかけてもなおごまかしきれない異臭を放つ矢ヶ崎が銭湯の扉を開けて入ってくると、番台にいた老婆は、老眼鏡を鼻のところまでずり下げ、咎《とが》めるような目を矢ヶ崎のヒゲ面に向けてきた。

「おばちゃん、おれはね、きれいになるためにここにきたわけよ。銭湯って、そういうところだろ。はいよ」

入浴料きっちりの小銭をほうり投げると、なるべく番台の老婆の目が届かないような脱衣所の奥へと、矢ヶ崎は進んでいった。そして、背広の胸ポケットから手帳と尚美のケータイを、ズボンの尻ポケットから財布を取り出すと、それを鍵《かぎ》のかかる脱衣ボックスの奥に置き、スーツ、ワイシャツ、下着、靴下をすばやく脱いだ。そして、そのおぞましいまでに汚れきった衣類をひとまとめにすると、コンビニで購入した青いビニール袋のうち大きなほうを広げ、その中に詰め込んだ。

それは、饐《す》えたような異臭があたりに広がるのを避けるためであったが、ほかにも目的があった。それは風呂から上がったときの行動に関係していた。

裸になった矢ヶ崎は、脱衣ボックスの鍵を掛けると、小さいほうの青いビニール袋を手に持って、男湯の中へと入っていった。そこには歯ブラシ、シャンプー、安全カミソリなどの一式が入っていた。脱衣所の時計は、午後三時四十五分を指していた。

二時間後――

身体を洗っては湯に浸《つ》かり、湯船から出ては身体を洗い、髪の毛を洗い、また湯船に浸かり、そして湯から上がって二度目の洗髪をし、また身体をごしごしとこすり、肌にこびりついていた垢も完全に落とし、伸び放題だったヒゲを剃り、まるで別人のようにさっぱりとした出で立《いた》ちになった矢ヶ崎則男が脱衣所に出てきた。

汗がおさまるまでの間、自動販売機で冷たい牛乳を買って一気飲みし、大型扇風機にあたっていたが、番台の老婆は矢ヶ崎のほうにまったく注意を払わなかった。薄汚れた恰好《かっこう》で入ってきた男と同一人物とは思っていなかったのだ。

はためには、矢ヶ崎はボーッと扇風機にあたっているように見えただろうが、彼の視線は、脱衣場に出入りする男性客の動きをじっと観察していた。

脱衣場には鍵の掛かるボックスがずらりと並んでいたが、そのほかに、脱衣カゴもかなりの数が置いてあった。無造作にそこに衣類を入れて浴場の中へ入っていくのは、貴重品を持たずにやってくる常連らしい年配客に多かった。矢ヶ崎の関心はそこに注がれていた。

時刻は五時四十五分を過ぎ、夕食前の一風呂を浴びにくる客が増えてきた。矢ヶ崎は、コンビニで買った新品のパンツとランニングシャツ、それに靴下だけ身につけて、自分と同じぐらいの体格の客がくるのをじっと待っていた。

あと五分で六時になろうとするころ、淡いグレイのセーターに、黒いコーデュロイのズボンを穿《は》いた五十代ぐらいの客が、鍵の掛かるボックスを使わず、脱衣カゴに洋服を脱ぎはじめた。セーターの下には、同じくグレイの長袖ポロシャツを着ていた。そして裸になると、洗い場へと姿を消した。狙《ねら》いどおりの体格だった。

矢ヶ崎はすぐさま行動に出た。その脱衣カゴのところへ行くと、いま男が脱いだばかりのポロシャツを頭からかぶった。まだ他人の体温のぬくもりが残っていたが、気持ち悪いと言っている場合ではなかった。

つぎに黒のコーデュロイのズボンを穿いた。裾《すそ》が少しあまったが、仕方がない。ついで、淡いグレイのセーターをかぶった。脱衣カゴの中には、男の下着と靴下だけが残った。洗い場から出てきたとき、どれだけ驚くだろうかと、矢ヶ崎はニヤッと笑った。

ズボンの尻ポケットに財布が入っている感触があった。取り出して中身を見ると、わずかに二千円が入っているだけだった。今回は金を盗むことが目的ではなかったし、尚美のおサイフケータイに二万数千円も入っていた余裕から、矢ヶ崎はその金に手をつけず、財布を脱衣カゴのパンツの上にほうり出した。少しだけ、義賊《ぎぞく》のような気分になった。

身支度を整えると、矢ヶ崎は自分が使っていた脱衣ボックスの鍵を開け、手帳と尚美のケータイと、まだ三万円が手つかずに残っている自分の財布を取り出した。それらをズボンのポケットに突っ込み、悪臭を放つ衣類をまとめて投げ込んだ青いビニール袋を片手につかむと、番台の横をすり抜けた。番台の老婆は小さなテレビに見入っており、矢ヶ崎のほうをふり向きもせずに、「ありがとうございました〜」と、気のない声を出した。

最後に矢ヶ崎は、そこらに脱ぎ捨ててある靴の中から、自分の足のサイズに合いそうなものを物色した。他人の靴であっても、いままで矢ヶ崎が履いていた革靴よりは、少なくともマシなものばかりだった。彼が選んで履いたのは革靴ではなく、白のスニーカーだった。

銭湯を出た矢ヶ崎は、古びた中華料理屋の裏手がゴミ収集場所になっているのを見つけると、一カ月間、着た切り雀《すずめ》だった衣類を詰め込んだビニール袋を、そこに投げ捨てた。

そのあと彼は、「超激安！」の看板を掲げた衣料スーパーに入り、改めて自分用の服を購入した。さすがに銭湯で盗んだ服を着ていてはまずいと思ったし、自分自身がきれいになってみると、急に他人の体臭が染みついた服が気になった。

そこで彼は、濃紺のコットンパンツに、ウールのワークシャツ、そしてブルーの長袖フリースを買った。その店ではＥｄｙを使えなかったので、貴重な三万円の中から一万円札を一枚くずした。超激安を名乗る店だけあって、それぞれのアイテムが千円以下だったので、釣りは七千円以上あった。

銭湯から着てきた他人の衣類は、その店でもらったレジ袋のようなペラペラの袋に入れると、先ほどとは別の飲食店が出していたポリバケツの上に置いた。下着と財布以外をぜんぶ盗られた男がいまごろどうしているのか、少しだけ気になったが、すぐにそのことは忘れた。

同じく銭湯で失敬した白のスニーカーは、妙に足にぴったりだったので、それはそのまま履きつづけることにした。洋服を盗られた男に較《くら》べたら、靴の場合は間違えて持っていかれたと思う確率が高いので騒ぎにはならないだろう。だから、そのまま履いていても警察に咎められるような危険はあるまいと思った。

いつのまにか新宿も日が暮れていた。この街特有の毒々しいネオンがあふれ返り、光の海になっていた。その眩《まばゆ》い原色の海を歩きながら、矢ヶ崎則男は長い逃亡生活で失った何かを取り戻しつつある気分になっていた。

ショーウィンドウに映った自分の姿を見た。ヒゲもきれいに剃り落とし、数時間前の自分とは、まるで別人だった。髪の毛は伸び放題だったが、フリースにコットンパンツという出で立ちに、長髪はなかなか自然に合っていた。四十七歳の自分が、十歳以上若返った気がした。

（これならナオミさんにも好感を持ってもらえるだろう。津田部長ってやつよりは、ずっと男前なはずだ）

そこがストーカー特有の自己本位な発想だったが、矢ヶ崎は、決してそれを異常とは思っていなかった。

妙に高揚した気分で街を歩いているうちに、矢ヶ崎はふと気がついた。これまでのねぐらである新宿中央公園のテントとは逆方向の、新宿の繁華街のほうへ足が向いていることに。

（もしかすると、おれの人生も流れが変わりつつあるのでは？）

そんな気がして、ウキウキしてきた。

借金取りが、逃走した矢ヶ崎の発見を決してあきらめておらず、実家に帰った妻子のもとに押し寄せていることなど、彼は想像もしていなかった。もしも矢ヶ崎が、まともな社会生活に復帰したければ、まずそれなりの処罰を受けなければならないはずなのに、その認識が欠落していた。

そしていつしか、ナオミの裸身を抱いている自分の姿が脳裏にこびりついて離れなくなった。その光景は決して幻想ではなく、現実にすることが可能なのだと思いはじめていた。

垢まみれのスーツ姿から、安物ではあったが新品のカジュアルな服に着替えたことで、矢ヶ崎はさわやかな「好青年」に変身した気分になっていた。

「ナオミさん」

日本最大の歓楽街にあふれ返る光の中で、矢ヶ崎は独り言をつぶやいた。

「もうすぐきみを抱いてあげるからね」

たまらなくナオミの裸が見たくなった。たまらなく、あのときの声が聞きたくなった。

そこで矢ヶ崎は交差点の信号が赤になったところで立ち止まり、幹線道路を行き交う車の洪水を前にして、尚美のケータイを取り出した。

切っていた電源を入れた。その瞬間、携帯電話会社が発信しつづけてきた遠隔ロックの電波を、尚美のケータイが受信した。

液晶画面が明るくなった。しかし、待ち受け画面にはならなかった。
そこに現れた表示を見て、矢ヶ崎は愕然《がくぜん》となった。

《ただいまロックがかかっています》

それだけだった。暗証番号の入力を要求するメッセージすらなかった。
矢ヶ崎はあわてて電源を切り、もう一度入れ直してみた。が、やはり同じ表示しか出てこなかった。

《ただいまロックがかかっています》

むやみやたらにボタンを押しまくったが、反応はない。メインの決定ボタンを押してもメニューは出てこなかったし、カメラのボタンを押しても、カメラは起動しなかった。メールボタンを押しても、メールのモードにもならなかった。インターネットにもつながらない。電話帳も呼び出せない。ナオミの「留守電」につながる短縮ダイヤルを押しても反応がない。

（やられた……）

そのとき初めて、矢ヶ崎は悟った。遠隔操作によって、ケータイが完全に機能を停止させられたことを。

尚美や津田がそうだったように、矢ヶ崎も、落とし主がケータイの通信機能を止めることは想定していたが、すべての操作ができなくなるとは思ってもいなかった。たとえ回線契約を破棄されても、ケータイに保存されたデータは、いつでも見られると思っていたのだ。パソコンのハードディスクにあたるICカードが、携帯電話会社の遠隔操作によってロックされるという想定はまるでなかった。

「くっそお〜」

矢ヶ崎は歯をむいて怒った。

「あの野郎……」

これが津田部長の差し金であることは間違いない、と矢ヶ崎は思った。

画像の大半は、外部メディアとなるミニSDカードに保存されていることぐらい、矢ヶ崎もわかっていた。しかし、放浪中の彼には、そのカードに記録された画像をほかの媒体で見る手段がなかった。いま手元にあるこのケータイが停止されたら、「美しい女神」はこの世から消えたも同然なのだ。

このままでは、もう彼女の裸は見られない。美しい顔は見られない。悩ましい声を聞くことはできない。一行読んだだけで興奮が止まらなくなるメールの数々も、もう目にすることができない。まだ二万数千円残っているはずのおサイフケータイも、利用不可になっていることは想像に難くなかった。

矢ヶ崎の身体が怒りと悔しさでぶるぶると震えた。そして彼は、新宿の最もにぎやかな交差点で、夜空に向かって吠《ほ》えた。

「津田のバカ野郎ォォォ! おれのナオミを返せえ〜!」

繁華街に繰り出した通行人が、一斉に矢ヶ崎のほうを見た。

第四章　接近遭遇

1

東京百貨店の本社社員は、毎朝九時四十五分から夕刻六時二十分までの勤務を基本とし、配属部署や仕事の都合によってシフト勤務の体制が敷かれる。火曜日の夜は、津田も尚美も定刻の六時二十分退社だった。

ケータイ紛失という大事件が起きてもなお、その夜から箱根旅行を予定どおり実行しようとする津田に、尚美は冷たい拒絶の言葉を放ったが、津田は「それなら都内のどこかで酒でも飲みながら今後のことを話し合いたい」と言ってきた。彼は、あくまでこの難局をふたりで乗り切ろうという姿勢だった。

だが、尚美はそれに対しても「とにかく、きょうはひとりになりたいんです」と、言い残して会社を出た。六時半だった。

　昼間は暖かかったが、日が落ちると朝方の冷え込みを思い出させるほど急速に気温が下がってきて、都心の新宿でさえ、吐く息が白くなった。

（どうせだったら、昼間もずっと寒かったらよかったのに）

　どうしても、考えがそこにいってしまう。津田は『たら』『れば』はもうやめようと言っていたが、尚美はダメだった。昼間も寒ければ絶対に公園に行っていなかったし、そこでケータイを失《な》くすこともなかったのだ。天気という自然条件が自分の人生を変えてしまった、という気がした。雨や嵐《あらし》で予定が変わって、それを怨《うら》む経験をした人は世の中にたくさんいるだろうが、尚美は晴れ渡った春の青空を怨んだ。雨だったら、昨日と変わらぬ幸せな人生だったのだ。

（このまま何事もなく、明日という日を迎えられるのだろうか。仮に明日が無事でも私に明後日《あさって》はあるのだろうか。そして、絶対に見られたくない写真が世の中にばらまかれずに済む未来があるのだろうか）

　考えているうちに、涙がこみ上げてきそうになった。

　とにかく会社のそばから離れたくて、尚美は新宿駅へと急いだ。

　そのとき——

「野本さん……尚美さん」

後ろから呼び止める声がした。

ふり返ると企画開発部の庶務デスクを担当する川村智子だった。

「なあに、智ちゃん」

ひとりになりたいときに、こうやって声をかけられるのは迷惑だった。だから尚美は、智子が追いついたところで、すぐにまた前に向かって歩きはじめた。しかも、いかにも用事があるように、さっきよりずっと速く。

すると智子は、尚美の早足に遅れまいとして、白い息を弾ませながら必死になって隣に並んだ。

「すみません、仕事の悩みでご相談があるんですけど」

「相談？」

相談だったら、こっちがしたいくらいよ、という思いをこらえて、尚美はきき返した。

「会社のこと？」

「そうです」

新宿駅がどんどん近くなってくるのを見ながら、智子が言った。

「もしよかったら、どこかでお茶しながら話を聞いていただけませんか」

「ごめんね。私、これから用事があるの」

「十分でも、十五分でもいいんです」

「悪いけど、こんどにして」

尚美は自分の声が刺々《とげとげ》しくなるのを抑えられなかった。よりによって、これまで生きてきた三十三年間の人生で掛け値なしに最大のピンチを迎えた日に、他人の悩み相談などにつきあっているヒマはない。

「ほんとうにきょうは時間がないの」

「そうですか……」

ガッカリした声とともに、いままで早足でついてきた智子が後ろに取り残された。

さすがにそのまま置き去りにしては冷たすぎると思った尚美は、仕方なしに、また歩みを止めて後ろをふり返った。

「いったい何を相談したいの。その内容だけでも聞かせて。仕事の不満？　セクハラとかパワハラ？　それとも社内恋愛？」

「……」

智子は困ったようにうつむいた。立ち止まったふたりの両側を、途切れることのない人の流れが通り過ぎてゆく。駅へ向かう人の流れは速く、駅から歓楽街へと向かう人の流れはゆったりと。

「どう？　何が問題なの？」

「……」

「それぐらいのことを、すぐにここで答えられないんだったら、私に相談してもしょうがないんじゃない？」

「私のお話ししたい内容は、いま言われたどれにも該当しません」

「じゃ、何なの。どういう話？」

「やっぱり、いいです」

「いいですって？」

「尚美さん、忙しそうだし……もうちょっと落ち着いて話を聞いていただけるときにします」

「そう、それならそうしましょ」

私は忙しいんじゃなくて、パニクってるのよ、と、心の中でつぶやきながら、尚美は言った。

「それじゃね。私、急いでいるから」

「はい」

うなずいた智子は、尚美との距離をとるように、まだその場に立ち止まっていた。その姿が、尚美はなんとなく気になった。が、それどころではない、と自分のことに意識を戻しながら、新宿駅へ通じる地下街への階段を駆け下りていった。

しかし、やはり智子の意味ありげな様子が気になったので、彼女を呼び戻そうと思った、ケータイで……。そして、自分がいまケータイを持っていない事実に、ようやく気がついた。

「ダメだ、ケータイがなくちゃ」

おもわず声に出してつぶやいた。

会社にいるときはデスクの電話があるから、不自由は感じなかった。だが、こうやって外に出たとたん、ケータイを持っていない不便さに行き当たる。

尚美は腕時計で時間を確認した。まだ六時半をちょっと回ったところだ。新宿にあるケータイショップは、いくらでも開いている。尚美はUターンして、いま下りた階段を駆け上った。そして、新しいケータイを買うために、もういちどネオンの洪水に輝く地上に出た。

2

新宿の目抜き通りに面した東京百貨店の新宿本店は、本社ビルから歩いて五分ほどの距離にあった。その地下食品売り場では、毎日午後四時ごろから客の数が増えはじめ、六時を過ぎると一気に大混雑となる。地域密着型のスーパーと異なり、東京駅のじつに二倍近くに及ぶ日本最大の乗降客数を誇る新宿駅がまぢかにあることで、仕事を終えた人々がどっと立ち寄るからだった。

しかも六時からは生鮮食料品のタイムサービスがはじまり、とくに定休日を維持する東京百貨店では、休館前夜の火曜日はその割引率が高くなるために、ほかの曜日よりも混《こ》み方が激しい。そして、その混雑は閉店時刻の八時になるまでつづくのだった。

もちろんその繁盛《はんじょう》ぶりは、野本尚美が陣頭指揮をとった大改装プランが当たったことが最大の要因だった。改装前は、同じ時間帯でも客の入りは半分ほどだった。

午後七時半——

閉店時刻三十分前でもなお混雑する地下一階の食品売り場からワンフロア上がった一階の正面入口に、青いフリースに濃紺のコットンパンツ、白いスニーカーという姿の矢ヶ崎則男が現れた。

数時間前の彼に較《くら》べたら顔も身体《からだ》も清潔になっており、服も新品で、周囲の人間に眉《まゆ》をひそめさせるようなことはなく、ある意味でまったく目立たない存在になっていた。先ほどのように、交差点で絶叫さえしなければ……。

矢ヶ崎は入口脇のインフォメーションセンターへ歩いていき、案内係の女性に向かってたずねた。

「すみません、津田部長にお会いしたいのですが、どちらにいらっしゃいますか」

「津田……でございますか」

案内係は正社員ではなく派遣社員だったため、新宿本店の店内については詳しかったが、本社勤務の管理職の名前などはまったく知らず、思い当たるところがないように首をかしげた。

そこで矢ヶ崎は、買ったばかりのコットンパンツの尻ポケットに入れておいた社員手帳を取り出し――それだけは、不潔だったころの矢ヶ崎の体臭が染み込んで微《かす》かに臭《にお》ったが――尚美のケータイから書き写した情報を確認してから言い添えた。

「企画開発部の津田部長です」

「ああ、本社のほうですか。それでしたら……」

と、係はあらかじめ印刷された案内地図を取り出し、本社ビルへの道順を教えた。だが、矢ヶ崎はその地図を受け取りながら、さらにたずねた。

「ここから津田さんに電話してもらえないでしょうか。じつは、ケータイを忘れたうえに、小銭を持っていないものですから」

「もう本社の勤務時間は終わっておりますが、お約束ですか」

「そうです。七時に」

矢ヶ崎は、堂々と嘘《うそ》をついた。

「遅刻してしまったものですから、とりあえずお電話だけでもしておきたくて」

「失礼ですが、お客さまは」

「矢ヶ崎といいます。矢ヶ崎則男です」

矢ヶ崎は、堂々と本名を名乗った。

「どちらの矢ヶ崎様でしょう」

「どちらの？　ああ……」

一瞬、迷ってから、矢ヶ崎は答えた。

「矢ヶ崎産業の矢ヶ崎です」

「かしこまりました。少々お待ちくださいませ」

案内係は本社ビルの夜間受付に電話をして、津田部長に来客があることを告げた。デパートのインフォメーションセンターには、本社ビルのダイヤルイン一覧などは用意されておらず、リストに載っているのは日中の代表電話番号と、夜間連絡先となる守衛室の電話番号だけだった。

しばらく話したあと、案内係は送話口を手でふさいで、矢ヶ崎に言った。

「津田は、本日はもう退社したということでございますが」

「帰った？　おかしいな」

矢ヶ崎は首をかしげた。芝居とは思えぬ自然なしぐさだった。

「その電話、企画開発部の人ですか」

「いえ、守衛室ですが」

「ちょっと電話、代わらせてもらえますか。行き違いがあったら大変なので」

ビジネスマンという恰好《かっこう》ではないが、矢ヶ崎の物腰が柔らかだったので、案内係はそのまま受話器を渡した。すると矢ヶ崎は、会社員時代にストーカーとは別の、非常にまじめな勤務態度をとっていた一面のほうを復活させて、しゃべりだした。

「ああ、お手数をかけて申し訳ありません。私、矢ヶ崎産業の矢ヶ崎と申しまして、今晩七時に津田部長とお会いする約束だったのですが、お帰りになられたとか。それでは津田さんの部下の女性で、えーと、ナオミさん……」

　矢ヶ崎は、片手を額にあて、いかにも思い出そうとするように言った。

「部長が『ナオミ君、ナオミ君』と呼んでいらっしゃったのは覚えているんですが、うっかり苗字《みょうじ》を失念してしまって」

「あ、企画開発部の野本尚美ですね」

　電話に出ている守衛ではなく、案内係の女性が言った。

　地下食品売り場のリニューアルを大成功させた立役者は、新宿本店では「有名人」だった。矢ヶ崎は、それそれ、というふうに、教えてくれた案内係に向かって人差指を突きつけてから、守衛に言った。

「野本さんです。彼女も津田部長といっしょに会ってくださることになっていたんですが。……え？　野本さんもとっくに帰られた？　そうですか……わかりました。どうもありがとうございました」

　電話を置いてから、矢ヶ崎は微笑を浮かべて案内係の女性に言った。

「どうも行き違いがあったみたいですけど、いちおう私がきたというメッセージを残しておかなきゃな。ここで野本さんへの伝言、受けていただけますか」

「いえ、こちらではちょっと……。ご足労ですが、本社受付のほうにお願いできますか。

裏手に従業員専用の通用口があって、そこにいまの守衛がおりますので」

「わかりました。じゃ、そちらにメッセージを残しておきます。えーと、ちなみに野本ナオミのナオミって、どういう字でしたっけ。間違えると失礼だから」

「こういうふうに書きます」

案内係はメモ用紙に『野本尚美』と書いて、矢ヶ崎に渡した。矢ヶ崎は礼を言って受け取りながら、もうひとつ質問をした。

「このデパートに公衆電話、ありましたっけ」

「あちらにございます」

案内係が指し示す入口近くに、緑色の公衆電話が三台並んでいた。電話の隣には、いまではその数が激減しているテレホンカードの販売機もあった。

案内係にもう一度丁重《ていちょう》な礼を述べてから、矢ヶ崎は急ぎ足で公衆電話のほうへ歩み寄った。そして、手持ちの貴重な現金から千円札一枚を出して、テレホンカードの自販機に差し入れた。

「まったく、津田の野郎、よけいな金を遣わせやがって」

インフォメーションセンターでのそつない受け答えをしていた感じのいいキャラクターは姿を消し、矢ヶ崎の口からは汚い罵《のの》りの言葉が出た。

そして彼は手帳を取り出し、そこにメモした電話番号をプッシュした。それは野本尚美の自宅でもなければ、津田茂のケータイでもなかった。

トゥルルル、トゥルルル、という呼び出し音を聞きながら、矢ヶ崎はこれから自分が言うべきセリフを考えていた。頭の片隅には、草むらで鳴りつづけるケータイを拾い上げて聞いたときの、津田の言葉が蘇《よみがえ》っていた。

（もしもし……尚美、聞こえてるか……今晩からの箱根旅行の件だけど……）

3

杉並区阿佐谷北にあるマンション「ノース阿佐谷」505号室では、津田茂の妻・寛子《ひろこ》が夕食の後片づけをしているところだった。津田家は夫婦と大学生の息子と娘の四人家族だったが、家族四人が夕食の食卓に顔を揃《そろ》えることは、まずない。

夫の津田が新宿の本社ビルで定刻に仕事を終えた場合、その気になれば六時半には帰宅できる。新宿から阿佐ヶ谷までは中央線の快速ならたったの八分で、ラッシュ時には電車の待ち時間もほとんどない。阿佐ヶ谷駅から自宅マンションまでも徒歩七分である。にもかかわらず、津田の帰宅は早くても夜の十一時、午前様になることも珍しくなかった。

津田は、妻には仕事が多忙だからと言い訳をしていたが、遅くなる真の理由はふたつ。野本尚美と濃密な時間を過ごしているからであり、また、夫婦関係が冷め切ったいまは、妻のいる自宅に早く帰っても、面白いことはひとつもないからだった。

食卓に顔を揃えないのは、夫だけではない。大学二年生の長男・秋生《あきお》は、大学の仲間とバンド活動をしており、これもまともな時間に帰ってくることがなかった。ひとつ違いの妹である大学一年生の夏子《なつこ》も、高校生のときまではきちんと自宅で食事をしていたが、大学に入ってからは友だちと夜遅くまで遊んでいるのがあたりまえになった。ケータイメールがあるから、なんとか子どもたちの行動を把握できるようなものの、これでケータイがなかったら、寛子はつねに夫や子どもと「音信不通状態」で過ごさねばならないところだった。

そんなわけで、四人家族でありながら、寛子はたったひとりで夕食を食べることのほうが圧倒的に多かった。ただし寛子は、全員揃って食事をすることが家族の絆《きずな》を深める、というようなホームドラマ的な神話を信じているわけではなかった。各自がそれぞれの生活サイクルでバラバラに動くのはやむをえない。とくに子どもが大学に入ってしまったらそうなる。だが、寛子が虚《むな》しいと思うのは、夫も息子も娘も、家庭を鬱陶《うっとう》しいもの、つまらないものとして敬遠している点だった。会社や学校の都合だけで夕食の席に集まらないのではない。そこが問題なのだ。

それなら私だって、こんな家は敬遠したいのよ、と寛子は言いたかった。家族全員が家族であることを忘れたような家庭なんて……と。それなのに、主婦であるからという、ただそれだけの理由で、寛子は家にいなければならない。その結果、あたかも家族の絆が薄いのは、妻であり母である自分のせいであるかのように、夫や子どもたちは受け止めている。こんなバカげた話はなかった。

だから寛子は、こんどの七月で十九歳になる夏子が、来夏に二十歳の誕生日を迎えたら、それを一区切りとして、津田に別れ話を切り出そうと思っていた。ただし、別れても子どもとはいっしょに住みたくなかった。腹を痛めた子どもたちが可愛《かわい》くないわけではなかったが、家族という「組織」の一員として拘束され、しかもその存在意義を家族からまったく認めてもらえないような人生は、もうたくさんだった。

寛子は津田とひとつしか違わない五十歳。夫が好き勝手に会社人生を謳歌《おうか》しているなら、自分も勝手にやらせてもらおうと思った。その決断を実行に移すときまで、あと一年と二カ月。夫も子どもたちも、妻であり母である寛子が、自ら進んで家庭を飛び出す決意をしているとは、まったく気づいていなかった。

火曜日の夕食どき、めずらしく息子の秋生が家にいた。そしていまは、リビングのソファに座ってテレビを見ている。彼の頭は、バンド用に金色と青のメッシュに染められていた。

やがて、「つまんねえ番組」と吐き捨てて、リモコンで電源を落とすと、秋生は大きなあくびをひとつした。そして、あくびの余韻が残ったくぐもった声で、キッチンで洗い物をしている母親に唐突に問いかけてきた。

「ねえ、おれや夏子の名前って、どっちが付けたの？　父さん、それとも母さん？」

「お父さんよ。でも、どうして？」

「手抜きだな、と思ってさ」

「手抜き？」

「秋に生まれたから秋生で、夏に生まれたから夏子だなんて、イージーすぎるじゃん。もうちょっと工夫してみる気はなかったのかよ」

「文句があるなら、お父さんに言ってちょうだい」

「ってかさ、最近疑問なんだよな。おれや夏子って、何のためにこの家に生まれてきたのかな、って」

「え？」

それまで息子に背を向けて洗い物をしていた寛子は、水道の蛇口をキュッとひねって、リビングのほうをふり返った。

「秋生、何が言いたいの」

「結婚したら、その夫婦には子どもがいるのが当然だっていう古くさい既成概念に縛られて、おれと夏子は機械的に『製作』された。そんな気がしてならないんだよな」

「どういう意味、秋生」

寛子は手を拭きながら、息子のところへ近寄った。

「あなたは、機械的にこの世に生まれてきたと思ってるわけ？」

「まあね」

秋生は、わるびれずに答えた。

「なんかうちの親みてると、恋人時代があったっていう気がしないんだよな。だから、おれは愛情のあるセックスの結果、生まれてきたんじゃなくて、結婚したら子どもがいないと格好がつかないって常識にしばられて、ダラダラとした感じでこの世に生まれ出て、ダラダラと育てられて現在に至る、っていう感じなんだよ」

「ダラダラと育てられて、ですって」

寛子は顔をこわばらせて息子の前に回り込んだ。

「お母さんが、あなたや夏子を育てるのに、どれほど苦労したと思ってるの。ダラダラと育てたなんて、よくも言えるわね」

「たしかに苦労はしただろうね。母さんみたいに生真面目《きまじめ》なタイプの人間からしたら、まさか我が子が、こんな色に髪の毛を染めるような育ち方をするとは思わなかっただろうから」

金色と青の髪の毛をつまんで、秋生は笑った。

「だけどね、母さん、子どもっていうのはさ、育てるのにどれだけ苦労したと思うかと親に言われても困るんだよな。だったら、つくんなきゃいいんだから。だろ?」

「……………」

「ま、おれはこういう家庭に育ったおかげで、子どもってものへの幻想はなくなったけどね。だから将来結婚することはあっても、子どもはつくんねえよ。おれや夏子みたいな子どもを育てるなんて、たしかにゾッとするからね」

「秋生、だから何が言いたいのよ」

「母さんに、いいこと教えてやろうと思ってさ」

「なによ」

「父さん、浮気してるよ」

短く言ってから、秋生は母親の反応を窺《うかが》うように黙った。

が、母が何も言わないので、さらにつけ加えた。

「おれ、ケータイ見たんだよね。父さんの」

「なんですって」

「そしたらさ、驚いたよな。エッチなメールが満載でさ。おー、おれのオヤジも男だったんだ、と改めて認識したよ。けっこうやるじゃん、ってね」

「……」

「そりゃま、家庭がこんだけしらけきった場所だったら、浮気もしたくなると思うよ。おれは怒らないね、同じ男として。ま、当然でしょ、と思うね」

「秋生！」

「相手の女もわかったよ。野本尚美っていう名前の部下だよ、東京百貨店企画開発部のね。顔も歳もわからないけど、これだけハマっているんだから、母さんよりは若くて、母さんよりは美人だろうな」

「やめなさい、秋生！」

寛子は叫んだ。

「だいたい、親のケータイを見るなんて、そんな非常識なことをするもんじゃありません。母さんは、あなたをそんな子どもに育てた覚えはないわよ！」

「子どもが親のケータイを見るのはいけないけど、妻が夫のケータイを見るのはいいのかよ」

「え？」

「おれ、母さんが父さんのケータイをこっそり見てるところを目撃したんだよな。真っ青になって震えてるところをさ」

「…………」

「そこまで夫婦に信頼関係がなくなっちゃおしまいだよね。だから、両親の将来を心配する息子としては、何があったのかを自分の目でも確かめておくのは当然だろ」

秋生は、母親に向かって肩をすくめて笑った。

「それにしても、父さんも家族を信頼しすぎだよな。やましいことやってるんだったら、ケータイに暗証番号でロックをかけることぐらいしとかなきゃ。おれはちゃんとやってるよ。もちろん、母さんは知ってるよね、おれのケータイは見ようと思っても見られなくなっていることを」

秋生は、意味ありげな視線で母親を見た。

寛子は、怒るに怒れない状況で身体を震わせながら、その場に立ち尽くした。

そのとき、リビングの端に置いてある固定電話のベルが鳴った。

4

「ああ、津田部長のおたくですか」

東京百貨店新宿本店の正面入口脇で公衆電話の受話器を耳に当てた矢ヶ崎則男は、閉店時刻を目前にして客の動きがあわただしくなってくるのを眺めながら、ゆっくりとした口調で話し出した。

「奥様でいらっしゃいますか」

「そうですけど」

夫のケータイを盗み見ていた場面を息子に見られていたショックで——さらに、息子自身が父親と不倫相手の部下が交わしていた猥褻《わいせつ》なメールを読んでいたショックも重なって、電話口に出た津田寛子の声は小刻みに震えていた。

「どちらさまでしょう」

「うーん、匿名希望です」

矢ヶ崎は笑った。

寛子は押し黙った。

「私、いま新宿の東京百貨店にいるんです。ご主人の仕事場もすぐ近くにあるそうですね」

「あの、どういうご用件でしょう。主人なら、まだ会社ですが」

「会社にはおられませんよ。もうとっくに帰られたそうです。たぶん、野本尚美さんといっしょにいるんじゃないでしょうか」

「あなた……誰」

夫の不倫相手の名前が出てきたことで、寛子の表情に怒りが浮かんだ。

「ですからね、匿名希望であるということは申し上げたと思いますが」

「私、その女の名前は聞きたくもないの！　電話、切りますから」

「おやおや、もうごぞんじでしたか」

「そのことで脅迫したいんだったら、津田に直接やってちょうだい。私には関係のないことですから」

「あれれれれ、ずいぶんご立腹のようで」

矢ヶ崎は笑った。笑いながら、自分の見込みとは違う相手の反応に、やや戸惑っていた。津田の妻は、さぞや驚くに違いないと思っていたのだ。

「ただですね、この最新情報はごぞんじでしょうか？　ご主人と野本尚美は今夜から箱根にラブラブ熱愛旅行に出かけますよ。そのまま行かせていいんですかねえ」

「きょうから箱根に二泊三日でゴルフ旅行だと言ったときから、そうだと思っていたわよ。仕事がらみのゴルフだったら、ふつうは一泊二日でしょ。わかってますよ、そんなこと！」

寛子の剣幕が激しくなった。

「どこの誰だか知らないけれど、アカの他人がよけいなお世話だわ。津田のことが気に食わないんだったら、勝手にそっちであの人を追いつめてちょうだい。いちいち家族に言ってこないで。関係ありませんから、私には！」

固定電話ならではの激しい音を立てて、電話は切れた。

矢ヶ崎は公衆電話の受話器を握ったまま、呆気《あっけ》にとられた顔で口を開けていた。

5

同じころ、野本尚美は新宿のケータイショップで新しいケータイを購入して店を出たところだった。わざわざ、番号もまったく違う新しい回線を契約した。

単に、機種変更をしようかとも思ったが、それを思いとどまったのは、携帯電話会社から遠隔ロックをかけても、かかってきた電話に相手が出ることはできるからだった。仕事相手からもかかってきてしまうリスクはあるが、その一点に、尚美は望みをつなぐしかなかった。写真を格納した外部メモリカードとともに、失《な》くしたケータイを取り戻す交渉の余地があるかもしれない、という望みを。

ともかく尚美は買ったばかりのケータイを持って、すぐそばにあったガラス張りのカフェに入った。こんどのケータイは、失くしたシャンパンゴールドのイメージを消すために、ガラッと色合いを変えて黒にした。だが、メーカーは同じだったので、基本的な使い方は説明書を読まなくてもわかった。

購入したばかりの新品はバッテリーの充電量が十分ではないので、電池式の充電器も買って、それをケータイに差し込んだ。そして、すぐ電話しようと思った相手は、津田ではなかった。さっき、相談があるといって追いかけてきた川村智子だった。改めて彼女の態度を思い返してみると、単純な仕事上の悩みで必死に追いかけてきたのではないような気がしてきた。むしろ、尚美にも関係する重大な話があるのではないか、と感じてきたのだ。

まだ入社してから丸一年が経《た》ったばかりだったが、企画開発部員の中で、庶務デスクという業務上、終日社内にいる智子は、外を飛び回っている尚美に較べるとはるかに社内の人間の動きを熟知しているといってよかった。しかも彼女の場合、人間観察が好きで、だからといって好奇心をあからさまに表に出すタイプではなく「見ていないようで見ている」いちばん手強《てごわ》い資質を持った女の子だった。だから、いまはまだ新人だが、二、三年も経てば社内で有数の事情通として、敵に回したら怖いタイプになるかもしれなかった。

その智子が、必死に尚美を追いかけてまで知らせたかったこと――それは、考えれば考えるほど、智子自身の悩みなどといったレベルのものではない気がした。

だから尚美は、買ったばかりのケータイで智子に連絡をとり、彼女が何を言いたかったのかを問い質《ただ》そうとした。が、実際に電話する段になって気がついた。智子の番号は、失くしたケータイの電話帳には登録してあったが、ほかにメモしてあるわけではない。

尚美はため息をついた。ケータイを失くしてしまうと、何から何まで不便だった。

（会社で会った時でいいか）

と考えたが、明日はデパート全店の定休日に伴い、本社勤務の尚美も休みになっている。ただでさえ失くしたケータイのことで頭がいっぱいになっているときに、このまま智子の用件は何だったのかと、その疑問を長いこと引きずっているのはイヤだった。だから尚美は、きょうじゅうに智子に連絡をとろうと決めて、本社の夜間通用口にいる守衛に電話をした。守衛室の番号なら、電話帳を見なくても暗記していた。

幸い、今夜の当直は尚美もよく知っているベテランの老守衛だった。電話の声ですぐに自分だとわかってもらえるので助かった。そうでなかったら、たとえこちらの名前と社員番号を名乗っても、電話では個人情報をそうかんたんに聞き出せない。

「うちの部の川村智子さんのケータイ番号、教えてもらえないかしら。急用でかけたいんだけど」

東京百貨店では、社外秘扱いとなっている社員名簿には、自宅の固定電話よりも先にケータイ番号が掲載されている。そのほうがケータイ時代においては適切であるとの総務担当取締役の提言で、三年前からそうなった。

「……〇七ね。わかったわ。ありがとう」

教えられた智子のケータイ番号を書き留め、電話を切ろうとしたとき、守衛が言い添えた。

「ああ、そうそう。つい先ほど、矢ヶ崎産業の矢ヶ崎さんという方が本店のインフォメーションセンターのほうにお見えになって、こちらにも問い合わせの電話がありましたよ」

「矢ヶ崎さん?」

決してありふれているとはいえないその苗字に、尚美はまったく心当たりがなかったのできき返した。

「矢ヶ崎さんって、どこの矢ヶ崎さん？」

「矢ヶ崎産業の矢ヶ崎さんとおっしゃいました」

「男性？」

「そうです」

「私をたずねてきたの？」

「いえ、津田部長と七時の約束があるということだったんですが、部長はもう帰りましたと伝えたら、野本さんの名前を出してこられましてね。といっても苗字じゃなくて、尚美という名前のほうを」

「私の名前を？」

「はい。部長が『尚美君、尚美君』と呼んでいたのは覚えているが、苗字は失念したとおっしゃって」

「………」

尚美は直感的に悟った。あの男だ、と。

尚美には、矢ヶ崎という苗字が本名だとは思えなかったが、ともかく自分のケータイを拾って、津田が勝手に録音したあのときの声を電話越しに聞かせ、不気味な笑い声を出した男に違いなかった。

「それで、私の苗字を教えたの？」

「インフォメーションセンターのほうで教えたのが、電話越しに聞こえました」

「それで？」

「野本さんともいっしょに会う約束だと言ってましたが、野本さんも帰られたことを言いますと、電話を切られましたが」

「電話があったのは、具体的に何時ごろ？」

「七時半でしたね」

尚美は腕時計を見た。七時四十五分だった。

「そのあと、その人はきていないのね。本社には」

「ええ」

「もしきたら、いまから言う番号に連絡をちょうだい。私の新しいケータイよ。ただし、その人には絶対教えないで」

買ったばかりのケータイ番号を守衛に教えると、尚美は通話を切って、手元の水をひと息に飲んだ。

(男がきていた。新宿本店まで。そして私のフルネームも把握した)

しかも、それはたったの十五分前の出来事だ。

いま尚美は、まだ新宿にいる。それも本店まで走れば三分ほどの場所に。それだけの距離しか離れていない場所に、自分のケータイを拾った男がいるのだ。閉店時刻まであと十五分。矢ヶ崎と名乗る男が、まだ店内に残っている可能性はあった。

（行こう）

尚美は決めた。智子の話を聞いている場合ではなかった。急いで伝票をつかんで席を立った。注文したホットココアはまだ運ばれてきてもいなかった。

レジには、女子高生のグループが支払いをしているところだったが、ひとりずつ割り勘にしているので、釣り銭で手間取っていた。待ちきれない尚美は、「あそこのテーブル。ホットココアまだきてないけど、帰るわ。お金、ここね。お釣り、いらないから」と、一方的に叫び、伝票と千円札を投げるように置いて、店を出た。

全力疾走《しっそう》したかったが、新宿の街は混んでいて思うように走れなかった。最大限の早足で前に進みながら、尚美は新品の黒いケータイを取り出し、新宿本店の代表番号を打ち込んだ。そして、耳に当てる。オペレーターが出るとすぐに言った。

「企画開発部の野本です。大至急、一階のインフォメーションセンターにつないでください」

白い息が弾む。夜の新宿はますます冷え込んできたが、尚美は寒さなど感じなかった。人混みをかき分けて前に進みながら、電話口に出た案内係に言った。

「企画開発部の野本です。私か津田部長をたずねて、矢ヶ崎という人がきたらしいけど、その人に応対したのは、あなた？ いま彼はどこに？」

「先ほどまで入口脇の公衆電話で話してらっしゃいましたけれど、いまはもう見あたりませんね」

「そう……。私、いまそっちに向かっているところなの。閉店前には着くから待ってて。どんな男だったか、詳しいことを聞きたいの。それから、もしその男がまた現れたら呼び止めておいて。そして、本店の警備スタッフを呼んで。……そうよ。その男は私の大事なものを奪った犯人だから」

6

せっかく拾った尚美のケータイを停止され、猛烈な憤りを覚えた矢ヶ崎は、興奮のあまり、津田に直接会おうとして東京百貨店・新宿本店までやってきた。しかし、目的の相手が帰宅してしまったとわかり、こんどはその腹いせに津田の家族を脅そうとした。

ところが津田の妻は意外なほど他人事《ひとごと》で、不倫の件で脅すなら直接夫にしてくれと、投げやりな態度で出てきた。予想外の反応だった。完全に拍子抜けだった。その妻の冷め方は、逆に津田と尚美の親密度を証明するようなものだった。

公衆電話の受話器を置いたあと、矢ヶ崎の心に嫉妬《しっと》が芽生えた。野本尚美を独り占めにしている津田という男に、改めて怒りを感じてきた。

尚美たちが箱根旅行を中止したと知らない矢ヶ崎は、津田と尚美がそろって会社を退《ひ》けて、そのまま箱根に向かったと考えた。新宿から箱根といえば小田急電鉄の特急ロマンスカーである。おそらくふたりはそれに乗って、箱根に向かっている真っ最中だろうと想像した。

まさか尚美が、逆に自分を追いかけて新宿本店へ急ぎ戻っているところだとも知らず、矢ヶ崎は自分のいる場所からどんどん離れていくふたりの姿を思い浮かべ、歯ぎしりをした。そして気がつくと、デパートの一階から地下一階のフロアへと階段を下りていた。インフォメーションセンターの案内係が尚美からの電話を受けたとき、タッチの差で、彼はごった返す地下食品売り場の人混みに紛《まぎ》れていた。

ただし、矢ヶ崎は食べ物を求めて地下一階に下りたのではなかった。

新宿駅周辺にある多くのデパートがそうであるように、東京百貨店の新宿本店も、地下から新宿駅方面に通じる長い地下道への出入口を持っていた。彼の足はそこに向かって前へ進んでいた。

矢ヶ崎が社会生活から断絶して新宿へ逃げてきたのは冬だったから、彼にとって日本最大級の規模で発達している新宿の地下街は、寒さをしのぐ恰好の避難場所だった。そしてこの地下道は新宿駅の向こう側、新宿新都心に立ち並ぶ高層ビル街の入口までつづいていた。つまり、新宿中央公園までの大半の距離を、雨や寒気にさらされずに移動できる貴重な通路だった。春になっても、今夜のように急速に冷え込みが強まってくると、地上に用のない人間は地下道を通って駅へ向かうことになり、必然的に人の流れも増えてくる。

しかし、いま矢ヶ崎が目指しているのはねぐらのテント村ではなかった。ムダ足になるのを承知で、小田急線の新宿駅へ行こうとしていたのだ。行ったところで、ふたりを見つけられるとは思っていない。しかし、そうしなければ気が済まなかった。ふたりの愛の不倫旅行の出発地を見届けずにはいられない気分だった。

だが――

地下道へ向かうつもりで下りた地下一階で、矢ヶ崎の足は止まった。まもなく閉店だというのに、食品売り場に集う人々の多さと、その明るく開放的で清潔なレイアウトに目を奪われたのだ。

　小田急線の新宿駅へ行くという自分の意識をさえぎり、その場に彼を立ち止まらせるほど、そのフロアのレイアウトはインパクトがあった。

　既存のデパ地下が持っていた「毎日の食べ物を売る場所だから庶民的に」という常識を一掃《いっそう》して、「売る物は毎日の食卓に載るものであっても、売り場は非日常的なまでに高級に」というコンセプトに基づいてリニューアルされたそれは、企画立案者である野本尚美の才能を社長にまで知らしめることになった大仕事だった。

　このフロアデザインが、まさに自分の追い求めている女の作品であることを知るよしもなく、矢ヶ崎はしばし目の前の光景に見とれていた。それは、豊かな食生活とは無縁の暮らしをつづけてきた彼にとって、ひさびさに食の魅力を思い出させるものだった。

　食品売り場の斬新《ざんしん》なレイアウトは、ただゴージャスなだけでなく、来店した客の食欲を刺激する心理的な効果に満ちたものだった。だから矢ヶ崎も、長湯をしたせいもあったが、急に空腹感を覚えた。

　これまでの矢ヶ崎は、自分の身体から放たれる悪臭のせいで、食品売り場などにはとても立ち寄れないことを自覚していた。だが、一カ月ぶりに風呂に入り、洋服も新品に取り替えたいま、彼は堂々と食べ物の売り場を歩ける立場になっていた。そして彼は、目と鼻から入り込んでくる刺激に誘われて、食品売り場の奥へと進んだ。

(世の中の連中は、こんな贅沢《ぜいたく》な食事をしているのか)

冷蔵ショーケースの中に並ぶ総菜などは、売り尽くされて空になっているところも多かったが、それでも食の色彩の美しさは、矢ヶ崎にとって忘れていたパラダイスだった。タイムセールで半額シールが貼《は》られた弁当ひとつとってみても、コンビニに並んでいるものとはグレードが異なっていた。矢ヶ崎は、金を出して買ってもいいと思った。

だが、そう思っただけで、実際には金は出さず、和洋中のジャンルを問わず、試食品に片っ端から手を出して、当座の空腹を満たした。箸《はし》で食べる夕食ではなく、つまようじでつついて食べる夕食だった。それでも満足だった。

やがて店内に「蛍の光」のメロディが流れ、フロアを埋めていた大勢の客も、ある者は地上に出るための階段を上り、ある者は地下道へ通じる出口へ向けて階段を下りはじめた。

当面の腹ごしらえをした矢ヶ崎は、少しだけ気分の落ち着きを取り戻し、ふたりに会えるあてもない小田急線のホームへ行く考えをキャンセルした。そして、つぎに自分がなすべき行動を考えた末、もう一度公衆電話のある一階に向かおうと、階段を一歩上がりかけた。

しかし、もう閉店時刻だから店内の公衆電話では長話ができないと思い直し、踵《きびす》を返すと、逆に地下二階への階段を下りはじめた。地下道を通って新宿駅に行けば、公衆電話はいくらでもある。そこでゆっくりと、つぎの電話をかけるつもりだった。

一階の正面入口から野本尚美が、「蛍の光」が流れる店内に駆け込んできたのはちょうどそのときであった。

7

午後八時過ぎ――

津田茂は、西武新宿駅のすぐそばにある一杯飲み屋にいた。

店内は満席で、客の全員が津田と同じサラリーマンだった。女性客はひとりもいない。だから、遠慮のない猥雑《わいざつ》な会話が声高《こわだか》に飛び交い、もうもうとしたタバコの煙で店内は霞《かす》んでいた。そのカウンター席で、津田はやけくそになって、急ピッチで冷や酒を何杯もあおっていた。

酒に溺《おぼ》れたかったのは、自分の痴態の記録を見知らぬ他人に握られてしまった恐怖から逃れたいためもあったが、それ以上にショックを受けていたのは、一心同体で難局に立ち向かうはずの尚美が、一転して冷たい態度に出てきたことだった。

（信じられない）

コップ酒をあおりながら、津田は心の中でつぶやいた。

（あれだけ、おれの前で乱れに乱れた尚美が手のひらを返すような態度に出るなんて、信じられない）

津田は、まだそれが理解できなかった。

ベッドでの絶頂場面の声を、自分のケータイではなく尚美のケータイに録音したからには、津田にしても、いずれは尚美に気づかれるとわかっていた。しかし、無断録音を尚美に気づかれても、深い関係に陥ったふたりならではの冗談で済むと思っていた。「やだあ、部長ったら、こんなことまでするんですかあ」と、怒るふりをしつつも、最後には笑いながらじゃれてくる尚美の反応まで、自分で勝手に想定していたのだ。

そのひとりよがりの妄想は、女は最初はいやがっても、そのうちに感じてくるものだとアダルトビデオの教えどおりに電車で痴漢をやってしまうバカな男と本質的に違いはなかった。そして、感じてくれるはずの女性に手首をつかまれ、駅員に突き出されて初めて現実の厳しさに目覚めるように、津田もまた、尚美の拒絶反応をまのあたりにして、初めて自分の身勝手な計算に気づいたのだった。

津田はようやく悟った。男と女は、まったく価値観の異なる生き物であることを。それでも尚美をあきらめることはできなかった。

ケータイがなくては仕事にならないから、尚美は、いまごろ新しいケータイを買っているに違いなかった。だが、新しい番号を知らせる連絡もいまのところない。津田は、尚美の自宅の固定電話に、未練がましいメッセージを二度も吹き込んでいた。とにかくぼくのケータイに電話をくれ、という内容のものだった。そして尚美から折り返し連絡があるまでは、家に帰るつもりはなかった。こんな気分のときに、妻と顔を合わせたくもなかった。

津田は酒臭い息を吐きながら、ケータイを操作して受信メールフォルダを開けた。そこには、尚美から完全削除を求められたふたりの秘密メールが、まだ数通だけ残っていた。削除をしている途中で、例のボイスメモの騒ぎが起こり、そのままになっていたものだった。

(これだけが尚美との思い出になってしまうのか)

津田は尚美のメールを順番に見ていった。

(このメールだけは永遠に消さないぞ。そして、これが残っているかぎり、尚美はぼくから離れることはできないんだ)

知らず知らずのうちに、津田は、ケータイを拾得した男となんら変わることのないストーカー心理に陥っていた。

そのとき、マナーモードをはずした津田茂のケータイが鳴りだした。

時刻は、午後八時十五分。液晶画面の表示には「公衆電話」と出ていた。

(尚美だ!)

アルコールで朦朧《もうろう》としていた頭が、一気に冴《さ》えわたった。

津田は急いで通話ボタンを押し、ケータイを耳に当てた。だが、聞こえてきたのは尚美の声ではなかった。

「津田部長さん」

ですか、という疑問形の語尾も、ですね、という確認の語尾もない、断定的な呼びかけ方を聞いただけで、津田は相手の正体を悟った。

津田が黙っていると、相手はもう一度同じセリフを言った。

「津田部長さん」

「そうだ」

短く答えてから、津田はコップに残っていた冷や酒を一気にあおり、それから相手を問い質した。

「おまえだな、ケータイを拾ったのは」

「そのとおり」

「名前を名乗れ」

「矢ヶ崎。矢ヶ崎則男」

「嘘をつけ。適当なことを言うな」

あまりにもあっさりと相手が答えたので、津田はそれを本名だとは受け取らなかった。

しかし、相手も津田の決めつけに反論はしなかった。

「それで、おれに何の用だ」

「ケータイのロックをはずしていただきたい」

矢ヶ崎は淡々とした声で言った。

「美しい野本尚美さんを、私から奪わないでほしい」

「バカを言うな。それよりも、おまえはどこにいる」

「言えない」

おたがいに、自分たちがわずか数百メートルしか離れていない場所にいる事実を知らずに、会話がつづいた。

「とにかく、このケータイのロックをはずしていただきたい」

矢ヶ崎は繰り返した。が、津田もすぐさま言い返した。

「無理だ。二重の意味で無理だ」

「なぜ」

「第一に、おまえに勝手にケータイを使わせるわけにはいかない。第二に、ロックの解除は本人が電話しないと無理だ」

「尚美さんはあなたのそばにいるはずだ。彼女にかけさせればいい」

「いないよ」

「いや、いっしょにいるはずだ。あなたは最初に、ケータイを拾った私を尚美さんと思い込み、今夜から箱根旅行に行くと言っていた」

「おまえのおかげで中止だよ、バカヤロー」

津田は吐き捨てた。

「だからひとりで飲んだくれているんだ。この周りの騒々しさが聞こえないか」

「なるほど」

酒場の喧噪《けんそう》が届いたらしく、矢ヶ崎は津田の言い分に納得をした。しかし、要求をゆるめなかった。

「私も以前ケータイを失くして止めた経験がある。すぐに見つかったので、一時停止を解除した経験もある。だから方法は心得ている。解除の申し出には、名前とケータイ番号と住所と誕生日があればいい。つきあっている女の誕生日は当然知っているだろう」

「それだけじゃない。解除のための番号がいる」

「それも津田さんはごぞんじのはず」

「なぜ、そう決めつける」

「ケータイ停止の手続きのときに、いっしょにいたと思うからだ。おそらく尚美さんは、電話会社への連絡にあなたのケータイを使っただろう。だからあなたも解除のための暗証番号をそばで聞いている」

「………」

津田は、相手の男に自分の行動を見透かされている恐怖心を覚えた。たしかに男の言うとおり、尚美は津田のケータイで電話会社に連絡を入れた。だから彼女が決めた解除番号も耳にしていた。尚美の名前にちなんだ「7033《ナオミサン》」だ。

「だから本人がいなくても、あなただけで解除手続きができるはずだ」

「無理だ。おれは男だ。男の声で本人になりすますことはできない」

「どこかで尚美さんの役を演じてくれる女を見つければいい」

「断る」

津田はきっぱりと言い切った。

「ケータイを生かしたら、おまえに好き放題されるのがわかっているのに、復活させられるわけがないだろう」

「断ったら、もっと悪いことが起こる」

「なに」

「私をバカと思ってもらっては困る。ケータイに外部メモリカードが差し込まれているのを確認済みだ。大半の画像はここにある。ケータイ本体が動かなくても、このカードに記録された画像の、とくに部長さんが写っている写真をネット上にばらまくことはいつでも可能だ」

「解除手続きをしなければ、そうするというのか」

「そのとおり」

「解除手続きをやっても、けっきょくおまえはその画像をネタに、いつまでもおれたちを強請《ゆす》るつもりなんだろう。だったら同じことじゃないか」

「同じことではない」

無機質なトーンで矢ヶ崎の声がつづけた。

「ロック解除に協力してくれたら、あなたの写っている画像はぜんぶ削除する。あなたが送ったメールもぜんぶ削除する。私にとって必要なのは、美しい尚美さんの姿であって、むさくるしい男の裸など見たくもない」

「おれが写っている写真を……ぜんぶ削除するというのか」

津田の声が、期待で揺れた。

「そのとおり、津田さん関連のデータはすべて削除する。それだけではない。尚美さんのヌードや、尚美さんが書いたメールをネット上に流すこともしないと約束する。私の目的は、女神のように美しい彼女の記録を永久に手元に置いておくことであって、アカの他人に見せびらかすことではない」

その気持ちは、津田も同じだった。津田のほうこそ、尚美の裸身を永久保存しておきたかった。その特権を、矢ヶ崎と名乗る見知らぬ男に奪われてしまうのはくやしかったが、相手の出してきた条件が津田の心を動かした。

「ロックを解除したら、ほんとうに何もかも消してくれるんだな。おれに関係したデータは」

「そうだ。といっても、あなたが解除手続きをしてくれなければ、こちらとしても削除のしようがないけれど」

酒場に居合わせたサラリーマンのグループがけたたましい笑い声をあげたので、津田は、自分だけの保身に走った身勝手さを嘲《あざけ》る矢ヶ崎のせせら笑いには、まったく気づかなかった。

「もうひとつ確認しておきたい」

周囲の喧噪《けんそう》がさらにけたたましくなったので、ケータイを当てていないほうの耳に人差指で栓をして、津田は大きな声を出した。

「あんたの目的は、尚美の写真やメールを永久保存しておくことだけなんだな」

「というと？」

「尚美本人に近づかないことも約束してほしい」

「約束する。本人には近づかない。尚美さんの写真を見るだけでがまんする」

「わかった」

津田は、カウンターの向こうにいる酒場の大将に向かって空のグラスを掲げてから、男に言った。

「じゃあ、考えてみる」

「考えてみる？　そんな悠長なことをしている時間は与えられない」

矢ヶ崎は言った。

「津田さんの時計で、いま何時だ」

「八時二十分」

「だったら、九時まで待つ。それまでにケータイを生かすこと」

「あと四十分しかないじゃないか。それは無理だ」

津田はあせった。

「いまから協力してくれる女を見つけなきゃいけないんだぞ。見つけたところで、電話会社の回線が混んでいることだってある」

「ああ、いいですよ、それならそれで。九時に間に合わなければ、あなたの無修整版ヌードが世界中に流れるだけだ」

それだけ言って、矢ヶ崎は電話を切った。

酒場のカウンターで、周囲の盛り上がりとはひとり無関係に、津田は青ざめた顔でケータイを握りしめた。尚美を裏切ることに対する良心の呵責《かしゃく》で、心が大揺れに揺れていた。

だが、最終的に決断する材料となったのは、退社まぎわに尚美に話しかけたときの彼女の反応だった。

なんとか今夜いっしょに話し合う時間を作りたいと思った津田は、ほかに誰もいない廊下で尚美とすれ違ったので、そのチャンスを捉《とら》えて彼女の腕をとった。その瞬間、尚美は険しい声でこう言ったのだ。

「私にさわらないでください！」

その場面が頭によぎったのが決め手だった。

「お勘定」

ぶっきらぼうに言って立ち上がると、津田は夜のネオン輝く歌舞伎町の路上に目をやった。彼の視線は、すでに協力者の女を捜す眼差《まなざ》しになっていた。

第五章　ショック

1

野本尚美が目黒区緑が丘にあるニューグリーンプラザ一階107号室に戻ってきたのは、火曜日から水曜日に日付が変わった深夜の二時すぎだった。終電時刻をとっくに過ぎていたので、タクシーでの帰宅だった。

タクシーを降りた尚美は、アルコールの酔いでおぼつかなくなった足取りで建物に入った。そして自室に入るなり荷物をほうり出し、電気を点ける気力もなく、リビングのソファに倒れ込んだ。

人生最悪の一日だった。

春の陽気に誘い出されて公園で食事をとろうとしたのが、自分の人生を百八十度変えてしまった。ケータイを落とし、落としたケータイを奪われ、拾った男に脅された。そして、そのおかげで、尊敬する上司でもあった不倫相手の津田部長のノーマルでない一面を見せつけられることになった。

尚美が失ったのはケータイだけではなかった。津田に対する愛情も同時に失ってしまった。さらに、彼女を落ち込ませたことがあった。

第一に、尚美のケータイを拾得した男が矢ヶ崎産業の矢ヶ崎と名乗って、新宿本店にまで現れていたという事実だった。

閉店間際の本店に駆け込んだ尚美は、客の最後のひとりが出てしまうまで、正面出入口のインフォメーションセンターで、矢ヶ崎に応対した案内係とともに、彼の姿がないかと目を皿のようにして捜した。だが、見つからなかった。

完全に店を閉めてから、尚美は警備室に事情を話し、男がやってきた午後七時半前後の、店内のおもだった防犯カメラの映像をチェックさせてもらった。

男は映っていた。

七時半、男は店の正面出入口から入ってきて、インフォメーションセンターに直行した。画像はモノクロだったが、案内係の証言によって、青い長袖《ながそで》フリースと濃紺のコットンパンツという服装がわかっている。

男は津田をたずねてやってきた。そして案内係に本社へ問い合わせをさせたあと、津田が退社済みであることを知ると、自分自身で電話に出て本社の守衛と少ししゃべり、その会話の過程で、尚美の苗字を聞き出した。

それから公衆電話のコーナーへ行き、テレホンカードを自販機で買って、どこかに電話している姿を、別の防犯カメラが後ろから捉《とら》えていた。どこに電話をかけ、どんな話をしていたのかは、まったくわからない。ただ、電話をかける前に、男がズボンの尻ポケットから手帳を取り出し、それを見ながら電話番号をプッシュしているのが確認できた。

男は、尚美宛《あて》のメッセージを本社に届けるようなことを言っていたが、本社守衛室に彼が訪れた形跡はなかった。

防犯カメラの映像に映っている男は、公衆電話でのやりとりを終えると、しばしその場に立ち尽くして何かを考えていた。それから地下一階へと階段で下りていった。その後、食品売り場に設けられた複数の防犯カメラが、あちこちの店舗で試食品をつまむ男の姿を捉えていた。そして男は閉店時刻二分前に、地下二階の地下道出入口から出ていった。

尚美は、男をつかまえそこなったことを悔やんだ。彼女が一階正面口から出ていく客の顔をチェックしているとき、男はまだ店内のワンフロア下にいたのだ。

その男が名乗った矢ヶ崎産業という社名も、矢ヶ崎という名前も、尚美には心当たりがなかった。しかし、それがケータイを拾った男であるならば、本名を名乗っていたとしても、心当たりがなくて当然だった。

案内係とのやりとりを聞いただけでは、彼がケータイの拾い主であるという決定的な確証はない。だが、男は虚構の約束をでっちあげて、まず津田に会いにきた。つぎに、津田がいないとわかると、「ナオミ」を呼び出してもらおうとした。尚美という名前は知っていても、男は尚美の苗字を知らなかった。そうした状況から考えても、彼がケータイを拾った男だと考えて間違いはなさそうだった。

尚美は、警備室とインフォメーションセンターのスタッフに、その男が自分のケータイを拾って持ち歩いている可能性があることを伝え、今後、彼がまた店にやってきたら、その場で足止めさせるように頼んだ。

ケータイの操作はロックされているので、仮に警備員が男を捕らえてケータイを調べても、見られたくない中身を晒《さら》すことにはならないので大丈夫だと判断し、尚美はそこまで正直にいきさつを打ち明けた。そして、本社の総務部長にも連絡をして同様の報告をした。しかし、津田には連絡をとらなかった。いまは、口も利きたくない気分だった。

尚美にとって気になるのは、男が堂々と新宿本店までやってきた理由だった。

いちばん楽観的な推測は、すでにケータイがロックされ、ボイスメモのデータをはじめ、さまざまな個人情報を見られなくなったので、持っている意味がなくなって、ケータイを返しにきたというものだ。しかし、本社に預けてもよいのにそうしなかったのだし、一度は尚美のケータイから津田のケータイに電話をかけ、不気味な笑い声を残した人物である。わざわざケータイを返しにくるという紳士的な行動に出るとは思えなかった。最もありえそうな推測は、使えなくなったケータイを返す交換条件を交渉しにやってきた、というものだった。具体的には、金だ。

だが、一度金の要求に応じたら、それが限りない恐喝の連鎖を招くことは容易に想像できた。それに、メモリカードに記録された画像は、いくらでもコピーできる。ケータイ本体とそのカードを返してもらっても、恐喝の材料が相手の手元から消えたことにはならない。それを計算したうえで、相手はケータイと金銭の交換にきたのだろうと尚美は考えた。ケータイの機能復活こそが矢ヶ崎の要求だとは、尚美の頭に可能性として浮かんでいなかった。

いっしょに防犯画像を見てくれた警備主任が鋭い指摘をしたことも、尚美にとって気がかりだった。

「この男は、よほど飢えているんですかね」

地下食品売り場の複数のカメラが捉えた映像を指差しながら、ベテランの警備主任が言った。

「試食品をガツガツと食べているところばかり映っていますが、お金を出して食べ物を買っている場面はないですね。そもそも津田部長や野本さんと打ち合わせがあるといって仕事で来店した人間が、地下で試食品を食べ漁《あさ》るというのは不自然じゃないでしょうか」

「彼が、なぜこんなことをしていると思います？」

尚美が質問すると、警備主任は腕組みをしてモニターを見つめたまま答えた。

「私には単純な理由しか思い浮かびませんね。とにかく腹が減っている、しかし食べ物を買う金はない、ということじゃないでしょうか。まともな社会人だったら、仕事先でこんな真似《まね》はしませんよ。……おっと、ちょっと待ってください」

画像を見ていた警備主任が、映像をストップモーションにして指差した。矢ヶ崎が総菜の試食品をつまんでいる姿を、後ろから捉えたものだ。

「彼のズボンの後ろを見てください。ベルトのところです」

「あ、値札が付いている」

言われて尚美も初めて気がついた。

「買ったばかりのズボンかしら」

「万引きしたばかりのズボンかもしれませんがね」

警備主任は、男の購買能力を疑っている。

「朝から値札をくっつけて歩いていたら、誰かに注意されているでしょうから、野本さんがおっしゃるとおり、買ったにせよ、万引きしたにせよ、穿《は》き替えたばかりということなんでしょうな」

「上に着ているフリースも新しそうね」

「しかし、履いているスニーカーは決して新品ではなさそうです。それに、この年格好の男が、仕事中に履くような靴ではありません。いずれにせよ、要注意人物であるのは違いなさそうです。ほかの守衛にもきちんと申し送りをしておきますよ」

しかし、尚美にとって最悪の一日は、ケータイの紛失、津田への幻滅、矢ヶ崎の来店といった出来事だけで終わらなかった。

矢ヶ崎の件を一段落させて本店をあとにしたのは、もう十時近くになっていたが、そこで彼女は川村智子のことをようやく思い出した。新しいケータイをすぐ買わねばと思い立ったのも、智子に電話しようとしたのがきっかけだった。番号を書き留めたメモを出す。

そして連絡がとれた智子から聞かされた話は、また新たな衝撃だった。

2

「さっきは仕事の悩みって言いましたけど、ほんとうは違います。仕事場で知ってしまった秘密を隠しておくのが苦しくなったんです」

智子の切り出し方は、尚美の不安をそそった。自分と津田のことではないか、という気がしたからだ。だが——

「それは土屋さんに関することです」

「土屋さん？」

また、わからなくなった。

「土屋さんって、このごろ、すごく尚美さんの悪口を言うようになったの、ごぞんじですか？ 尚美さんは部長にひいきされすぎだとか」

「ええ、知っているわ」

五十嵐拓磨に教えられた話を、智子からも聞かされるとは思わなかった。

「あの人が私にいい印象を抱いていないのは、日ごろの私に対する態度からも感じていたしね。だけど、どこの部署にだって、うまくいかない人間関係はあるものでしょ。それが重大なことかしら」

落としたケータイのことで頭がいっぱいになっている尚美は、思わせぶりに持ち出された用件がその程度のことだったのかと、腹が立ってきた。しかし、つぎの一言が尚美に強烈な衝撃を与えた。

「土屋さん、部長のケータイ、見てるんですよね」

「え？」

「たまたま部長がケータイをデスクの上に置きっぱなしで会議室に行かれたとき、土屋さんがそれをパッと取って、すぐに自分の席に戻って、いかにも自分のケータイをいじっているような顔をして、かなり長い時間見ていました。たぶん、メールを読んでいたんじゃないかと思うんですけど」

「……それ、いつの話？」

「二週間ぐらい前です」

尚美は愕然《がくぜん》となった。二週間前といえば、食品売り場のリニューアルプロジェクトが大成功を収めているのが数字的にも明らかになり、尚美も津田も気分的に非常に高揚していたころだ。そして、そのハイな気持ちがふたりのプライベートなメールを、一段ときわどい内容のものにさせていた時期だった。

（それを、土屋さんに見られていた）

ショックだった。尚美の画像や音声ファイルこそ津田のケータイにはなかったが、ふたりの間で交わしたメールは、すべて読まれた可能性があった。その中には、性的なざれごとだけではなく、社内の人間関係について語ったものもある。とくに、土屋賢三に対する悪口をおたがいに書き放題だった時期がある。

（最悪……）

目まいがした。

尚美がケータイを落とさなくても、津田のほうのケータイが盗み見られていたのだ。土屋が平然とふたりの悪口を言うわけだった。

「尚美さんは仕事が忙しくて、あまり知らないかもしれませんけど、こんな噂《うわさ》があるのはごぞんじですか。津田部長は……」

「やめてちょうだい。根も葉もない話は」

尚美がさえぎった。

「私と部長は何もないわ」

「そうじゃなくて、津田部長は佐々木社長にすごく可愛《かわい》がられていますよね。管理職の中ではバリバリの社長派だって。でも、いま社内でナンバー3の渡辺《わたなべ》専務が、派閥をどんどん広げていて、土屋さんが社内の人間関係をスパイする実働部隊だという話があるんです。企画開発部的には土屋さんは問題児なのに、部長があの人をほかに動かしたくても動かせないのは、バックに渡辺専務がついているからだって」

「あなた、入社して丸一年しか経《た》っていないのに、どうしてそんなに事情通なの？」

「私が特別に社内事情に詳しいんじゃなくて、尚美さんが忙しすぎて何も知らないだけです。それに……」

智子は言いにくそうにつけ加えた。

「尚美さんが津田部長のお気に入りであることはみんな知っていますから、あまり噂話の輪に加えたくないみたいです」

「私の耳に入った噂話は、そのまま部長に伝わると思ってるの？　言いつけっ子みたいに」

「ハッキリ言えば、そんな感じです」

「そう……」

尚美はため息をついた。

リニューアルプロジェクトの仕事と、津田との恋愛に夢中だったために、想像以上に自分が社内で浮いていることを知らなかった。

「で、智ちゃんは、何のために土屋さんの件を私に知らせてきたの」

「胸が痛むんです。土屋さんがやっていることを見てしまっているのに、それを黙っていることが……。でも、私から部長には言いにくいし」

「それで、私の口から部長に教えてあげたほうがいい、ってわけ？」

「はい」

尚美はしばらく考えた。

いまさらあわてたところで、メールを読まれた事実を消せるわけではないし、土屋も、黙って上司のケータイを見るという、バレたら懲罰ものの行為をおおっぴらにはできない。だから、盗み見たメールの内容を安易に言いふらすことはできないはずだった。せいぜい専務にご注進どまりだろう。その専務にしても、津田と尚美の関係を表立って問題にしたら、その根拠はどこにあるのか、と切り返されたときに証拠を出せない。

「ねえ、智ちゃん」

「はい」

「土屋さんは、自分の行為をあなたに見られたのは知らないわけね」

「気づかれていないと思います」

「じゃ、いいわ」

「いいわ、って？」

「ほっといていいんじゃない、ってこと」

「いいんですか」

「その代わり、こんど同じ場面を見たら、土屋さんが部長のケータイを自分の席に持っていく前に、大きな声で土屋さんに呼びかけなさい」

「そんなこと、できません」

「できるわよ。『土屋さん！』と言うだけで、ビックリして違法行為をやめるから。そしたら、そのあとはお天気の話でもしたらいいわ」

「……」

「どう？」

「でも、やっぱり尚美さんから」

「私は、そのことには関知しないから」

尚美はキッパリと言い切った。

「わかりました」

智子は釈然としない声を出した。そしてそれ以上、尚美を説得することはせずに、電話を切った。

3

川村智子と話しているときは平然としていたが、電話を切ると、尚美は胸の中に大きな石を抱えたような重い気分になった。公園でケータイを落とす以前に、津田との秘密が内部の人間に筒抜けになっていたのだ。おまけに土屋に対する悪口まで、ぜんぶ読まれたとなると、彼の怨《うら》みを買わないわけがなかった。

（きょうという日は、どこまでツイていないの）

まさに人生最悪の一日だった。

やけ酒など絶対にしない尚美が、それもひとりで飲むということなど絶対にしない尚美が、智子との電話を終えたあと渋谷のワインバーに行き、カウンター席に座り、黙々と飲んだ。尚美がひとりなのを見た男の客が、隣に座って言い寄ってきたが、それには耳も貸さず、ひたすら飲んだ。明日は休みだということもあって、尚美は自分にブレーキをかけなかった。

そしていま、尚美は泥酔状態で家に戻ってきた。

（着替える気力もないから、このまま寝ちゃおう）

部屋のエアコンは点けていなかったが、日中の日射《ひざ》しで暖まった室内は、それほど寒くなかった。暗い部屋でソファに倒れ込んだ尚美は、ビジネスーツ姿のままで寝ることに決めた。そして、いつもの癖で左を下にした体勢に変えたとき、暗い部屋の中で赤いランプが点滅しているのが目に入った。固定電話に留守電メッセージが入っている知らせだった。

（いいよ、いいよ、そんなのほうっておいて。明日の朝チェックすれば）

自分に言い聞かせたが、これだけの出来事があった日だったので、やはりどんな伝言が入っているのか気になった。それに、ケータイにつながらないことで、尚美と連絡をとりたがっている友だちもいるかもしれなかった。

尚美は大きな吐息をついてから身体《からだ》を起こし、ソファから立ち上がって、電話のところに進んだ。そして留守電メッセージの再生ボタンを押した。

まず最初に、ＩＣ音声で「ヨウケン、十七ケン、デス」と知らせてきた。尚美は緊張した。ほとんど固定電話を使わなくなったのに、十七件という伝言は異常に多かった。

初めの三件は、ケータイを失くす前に録音されたもので、注文の書籍が届いたという本屋からの伝言をはじめ、たいした内容ではなかった。しかし、四件目のメッセージは違った。相手の電話番号がナンバーディスプレイに出たとたん、酔いでとろんとしていた尚美の表情が、急に引き締まった。

失くした自分のケータイ番号が出ていた。その録音は、十秒ほど無言状態をつづけたのちに切れた。

あの男は、ケータイの電話帳に登録された尚美の自宅電話を見つけたのだ。だが、メッセージが録音された時刻を確認して、尚美は少しだけ気持ちを落ち着けた。それは、携帯電話会社に遠隔ロックを頼むより前の時刻だった。

五件目から八件目までは、尚美のケータイがつながらないのでかけてきた大学時代の友人や、代引きで購入したサプリメントを届けにきた宅配便運転手からのメッセージなどだった。

九件目は、尚美が会社を出てまもなく、午後六時半に吹き込まれたもので、津田のケータイからだった。

「尚美、きみが怒っているのはわかる。きみの怒りはもっともだと思う。どうか、ぼくに謝る機会を与えてもらえないだろうか。できれば、きょうのうちに……。会いたくなければ電話でもいい。このメッセージを聞いたら、ぼくのケータイに連絡をください」

十件目も津田だった。時刻は午後七時五十五分。

「尚美、さびしいよ。とにかく、ぼくのケータイに連絡をくれ」

たったそれだけでメッセージは終わっていた。

その伝言の背後には酒場の喧噪《けんそう》が聞こえていたし、津田の言葉も少しろれつが回らなくなっていた。津田は津田で、早い時間帯から酒浸《さけびた》りになっていたことが推測できた。

十一件目は、午後八時ちょうどの録音。固定電話に登録していないケータイ番号だったので、一瞬、緊張したが、流れてきた声を聞いて、尚美の表情がゆるんだ。

「もしもし、五十嵐拓磨です。すみません、勝手にご自宅まで電話して。いろいろ心配になっちゃって……。午後、会社に戻ってきたときの尚美さんの顔、なんだか泣いたあとみたいな気がしたんですよね。きもち目が腫《は》れてるかな、って……。ほんと、だいじょうぶですか。

あの……こんなこと言っちゃ叱《しか》られるかもしれないけど、尚美さんと部長、つきあってますよね。べつに土屋さんの言葉を鵜呑《うの》みにしてるわけじゃなくて、きょうのふたりを見ていたら、そうなんだな、ってわかりましたよ。尚美さんのケータイを誰かに盗《と》られたら、尚美さんだけじゃなくて、部長も大変なんだなってこともよくわかりました。

でも、おれ、そういうの気にしないですから。昼間言ったことの繰り返しになりますけど、おれにできることがあったら何でも言ってください。おれ、こうみえても口が堅いですから。それにおれ……おれ……ええい、もう言っちゃえ……尚美さんが好きなんですよね。べつにつきあってほしいとか、そういう高望みはしてないっす。ただ、好きだから尚美さんの役に立ちたいんです。……えーと、まだ吹き込めますか、この留守電。でも、ま、いいや。これで失礼します。以上、五十嵐拓磨でしたっ」

拓磨の率直なメッセージは、胸にジンときた。そして尚美は、微笑《ほほえ》みながら少し涙ぐんだ。津田の前で流した涙とはまったく異なる、感激の涙だった。

（やっぱり、昼間公園で思ったとおり、年下のこの子とつきあっていたほうが、ずっと私は幸せになっていたかも）

心細さと重苦しさとで落ち込んでいた気分が、少しやわらいだ。

（ほんとうに、何かあったら拓磨君に頼ろうかな）

最悪の一日の中で、心が温かくなる瞬間だった。しかし、その余韻に浸る間もなく、十二件目のメッセージがはじまった。

そのメッセージが吹き込まれたのは午後八時四十五分。矢ヶ崎則男が津田に対して、尚美のケータイ機能の復活リミットとして設定した九時まであと十五分という時間だったが、もちろん尚美はそんな事実を知らない。

「もしもし、尚美？　ママよ」

母親の声だった。

「会社はもうとっくに出ていると思うから、こっちに電話したわ。あのね、ついいましがた……えーと、いま八時四十五分だけど、ほんの五分前よ、矢ヶ崎さんという男の人から電話があってね」

スピーカーホンから流れる母の伝言を聞く尚美の目が、驚愕《きようがく》に見開かれた。

「そちらは野本尚美さんのお母さまですか、って、いきなりそう言ってくるのよ。びっくりしたわよ。尚美に何かあったのかと思って、心臓がおかしくなりそうだったわ。でも、そういう連絡じゃなくてよかった。あなた、新宿でケータイ落としたでしょ。その矢ヶ崎さんという方が拾ってくださったんですってよ。そして『大変ご無礼かと思いましたが、電話帳を拝見して、《ママケータイ》という登録があったので、連絡させていただきました。ほかの番号などは見ておりませんので、どうぞご安心ください』って、ものすごく丁重におっしゃってね。『いまは出先で公衆電話からかけておりますが、九時過ぎには尚美さんのケータイを生かしておきますので、直接ご連絡ください』って。

なんでも代々木にあるゼミの先生で、きょうはテストの採点があるので、だいぶ遅くまでお仕事されてるんですってよ。だからこのメッセージを聞いたら、自分のケータイに電話をして、受け取りにあがりなさい。あ、お菓子でもなんでもいいから、ちょっとしたお礼を添えるのを忘れないのよ。……それにしても、やだわ、尚美ったら。いい歳《とし》して《ママケータイ》なんて登録してるのね。ほかに言いようがないかもしれないけど、なんだか他人様《ひとさま》から言われると、子どもっぽくて恥ずかしかったわ。

でも、ほんとに注意しなさいね。ケータイには大切な仕事のメールや電話番号がいっぱい入っているんでしょう？　今回はとてもいい方に拾われたからよかったようなものの、ヘンな人に盗られたら大変なことになっていたかもしれないわ。尚美って、落ち着いているようでいて、あんがいおっちょこちょいだからね。それじゃ、ママはちょっと風邪気味なんで、きょうは早めに寝てしまうけど、明日にでもちゃんとケータイが戻ったかどうか、いちおう電話ちょうだい。ではね」

くすん、と鼻を鳴らしてから、母の伝言が終わった。

4

尚美は愕然となった。矢ヶ崎が母親のケータイにまで電話をかけてきたことがショックだった。男は、ケータイがロックされる前に、そこまでチェックしていたのだ。

（そういえば……）

尚美は、本店で見た防犯カメラの映像に、矢ヶ崎がズボンの尻ポケットから手帳を取り出す場面があったのを思い出した。

（きっとあの手帳に、利用できそうな電話番号が書き写してあったんだ。私がケータイを止める前に）

その計算された行動に寒気がした。矢ヶ崎と名乗る男に対して、尚美は初めて本格的な恐怖心を抱いた。

彼が本店に姿を現したのを知って急いで駆け戻るときには、自分のケータイを取り戻すことばかりに神経がいって、男と顔を合わせることを少しも怖いとは思わなかった。あのときはまだ夜の八時前、新宿という場所においては昼のような、いや、昼以上ににぎやかな時間帯である。しかも、男と顔を合わせるとしても、そこはデパートの店内という大勢の人間がいる場所だった。

だが、いまは午前二時すぎという真夜中。電気も点けていない真っ暗な部屋にひとりでいる。その静かな暗闇《くらやみ》が、急に恐ろしくなった。

それにしても、男が母に伝えた内容で、釈然としない言い回しがあった。

（九時過ぎに私のケータイを生かしておく？　ウソよ、そんなことできっこないじゃない。ケータイは止めたんだから。それとも、ロック中も電話を受けられるのは知っていて、単に電源を入れておくって意味？）

頭の中をぐるぐると考えが駆けめぐるうちに、十三件目のメッセージがはじまった。

「こんばんは、矢ヶ崎です」

尚美の背筋に電撃のようなショックが走った。

「お母さまからの伝言はお聞きになりましたか。いま、もう時刻は十時を回りましたが、ご連絡がないので心配しています。お電話お待ちしています」

ナンバーディスプレイの表示には信じがたい番号が出ていた。止めたはずのケータイ番号だった。

(どうして? どうして、どうして、どうして)

いくら考えても、止めたはずの回線が生きている理由がわからなかった。唯一、考えられるのは、電話会社のミスでロックがかかっていない、ということだった。それ以外に、尚美の頭で思いつく説明はなかった。

メッセージの再生はまだつづいた。十四件目。午後十一時四分の録音。

「矢ヶ崎です。まだご帰宅なさらないんですか、尚美さん。まずいなあ、こんな大事なときに、どこをほっつき歩いているんですか。あなたみたいな美人が、夜遊びをしてはいけませんよ。酔っぱらいの男どもを、いたずらに刺激するばかりです。私のことも刺激しますがね」

その留守電も、やはり尚美のケータイからかけられたものだった。

携帯電話会社の紛失届や回線復活の係は二十四時間受付だから、すぐに電話をして確かめたかった。だが、留守電メッセージは、まだあと三件残っていた。

十五件目は、まもなく日付が変わろうとする午後十一時三十五分。

「うーん、ずっとあなたのケータイをオンにして待っているのに、きませんねえ、連絡が……。終電がなくなっちゃうから、どうしますかねえ。こっちからケータイをお届けにまいりましょうか。目黒区緑が丘のニューグリーンプラザまで」

(ここに……くるの？)

震えがきた。相手は、具体的なマンション名まで名乗っている。尚美は、引っ越し前にマンション管理室の項目に、電話番号だけでなく住所も登録しておいたのを忘れていた。だから、矢ヶ崎が住所とマンション名まで知っていることにショックを受けた。

(こんなときに津田さんは何をしているの！)

さわられるのもイヤ、と嫌悪感まるだしにした津田に対して、いまになって頼ろうとする自分がいた。

(連絡をくれといっておきながら、私が連絡しないと、それっきりなの？　あの男は何度も留守電を入れてきているのに、津田さんはあれっきり？　いまごろ酔っぱらって、どこかで寝ているの？）

十六件目のメッセージがはじまる。津田ではなく、またしても矢ヶ崎の声だった。しかし、こんどはまともな伝言ではなかった。

「いやあん、ああん、ああ～ん。いっちゃう、いっちゃう、いっちゃう」

恐らく尚美の物真似だった。そして、ハアハアハアという荒い息づかい。それが三十秒もつづいたあと、録音は切れた。それが録音された時刻は、午前一時四十五分。

尚美は恐怖で金縛り状態になった。

そして、最後の十七件目のメッセージ。

「ザー、ザン。ザー、ザン」

こんども矢ヶ崎の声だ。

「ザッ、ザン。ザッ、ザン。ザッ、ザン。ザッ、ザン」

あまりにもよく知られた、映画『ジョーズ』で巨大人食い鮫《ざめ》が接近するときの音楽だった。鮫が近づくにしたがって、どんどんテンポが速くなる。それを矢ヶ崎が口でやっていた。

「ザザザザ、ザザザザザ、ザザザザザザザザ」

口真似のテンポも最高速になった。

そして、プッッとやんだ。

電話のIC音声がとって代わる。

「ゴゼン、一ジ、五十九フン。十七ケン、デス。サイセイガ、オワリマシタ」

メッセージの再生終了と同時に、ナンバーディスプレイの液晶に、現在時刻が出た。午前二時十三分――

（きちゃダメ。ここにきちゃダメ）

尚美は震える手で、固定電話のボタンをプッシュした。押している数字は、自分のケータイ番号だった。理由はどうであれ、止めたはずのケータイは生きていた。そして、矢ヶ崎《やがさき》はそれを持ってこっちに向かっている。こうなったら本人に直接話をして、ここへくるのだけは止めさせなければならなかった。

だが、激しい指の震えで、二度も三度も押し間違えた。ようやく四度目に、０９０からはじまる十一ケタの数字をきちんと押せた。

耳元でコール音が聞こえる。

と同時に、聞き慣れた着メロが、中庭に面したガラス戸の向こうからけたたましい音で流れてきた。

（うそ！）

尚美の全身に鳥肌が立った。

ここは107号室。一階だ。女の独り住まいで一階は避けるべきなのはわかっていた。だが、ほかに空き部屋がなかった。それに、このマンションのロケーションもインテリアも気に入っていた。一階の各戸には小さな中庭がついていて、天気のよい日は、そこにデッキチェアを出してお茶を飲んだりできるのも素敵だと思った。だから、一階でもかまわず賃貸契約をして引っ越してきた。

それが判断ミスだったと気づいても、もう遅い。

（まさか、まさか……）

すぐ外で自分のケータイの着メロが鳴っていることが、まだ信じられなかった。そして尚美は、金縛り状態を必死にふりほどいて、中庭に面したガラス戸に駆け寄った。閉めていたカーテンを思いきり引き開けた。

青いフリースに濃紺のコットンパンツ、白いスニーカーといういでたちの長髪の中年男が、シャンパンゴールドのケータイを耳に当て、笑いながらガラスに鼻の頭をくっつけて立っていた。

第六章 心身憔悴《しょうすい》

1

津田茂が自宅に戻ったのは午前一時を回っていた。尚美と同じように、彼もひとりで飲みつづけ、泥酔状態になってタクシーで帰宅した。しかし、酔いつぶれるまで飲んだ理由が尚美とは違っていた。

矢ヶ崎からの連絡があるまでは、尚美の態度が急変したことへの不満によるヤケ酒だった。しかし、深夜まで至った深酒は自己嫌悪によるものだった。

尚美の冷淡な態度は、津田に「自分の立場だけ無事であればいい」という開き直りを与えた。そして彼は、ケータイのロック解除を求めてきた矢ヶ崎の交換条件を受け入れた。

午後九時までに機能を復活させなければならなかったので、津田は急いで一杯飲み屋を出ると、歌舞伎町をうろついていた若い女性に一万円札を握らせたうえで、携帯電話会社に尚美の代役で連絡をさせた。

もちろん、解除に必要な住所、氏名、誕生日、ケータイ番号、そして解除用の暗証番号をメモ書きにして見せながら、だった。

その子の声が幼いのと、いかにもギャルっぽいしゃべり方なので怪しまれないかと心配したが、すんなりと解除の手続きは済んだ。「おじさん、もっと遊ばない？」と、女の子はさらに金を要求してきたが、それを断って、津田は尚美のケータイに電話を入れた。

つながった。

きょうの昼までは、リニューアルプロジェクトの大成功を受け、箱根への旅行を約束するほどふたりの関係が進展していたのに、無断録音をきっかけに尚美の気持ちが離れ、ついで津田が尚美を完全に裏切った。不倫関係がもろいものだと覚悟していたとはいえ、ここまであっさりと、しかも最悪の形で破滅を迎えたことに、津田は呆然《ぼうぜん》となっていた。

だが、それだけの代償を払ったのだから、身の安全だけは念押ししたかった。

「約束どおり、九時前に復旧したぞ」

電話に出た矢ヶ崎に、津田は言った。

「だから、そのケータイに入っているおれの写真やメール、それから録音データはぜんぶ破棄してくれるんだろうな」

「これから、その作業をするんじゃないか」

矢ヶ崎が、さっきよりもずっとぶっきらぼうな調子で答えた。その口調が、津田に不安を抱かせた。

「破棄したという証拠はどういうふうに見せてくれるんだ」

「証拠？　そんなもの見せられるわけがないだろう。だいたい、もうあんたに会うつもりはないし」

「それじゃ約束が違うじゃないか」

「違わない。削除の証拠を見せるという約束はしていない」

「それはそうだけど、必ず削除をすると言っただろう。だから、必ず削除をしたんだという証明がほしいんだ」

「証明など出せないね」

矢ヶ崎は突き放した。

つきまとう女に対してはどこまでも執着して変態じみた行動に出てしまうのに、しつこい男に対しては別人のようにクールになれた。その二面性は、矢ヶ崎自身、強く意識しているものだった。

しかし、二重人格ではない。惚《ほ》れた女に対する変態行為は、自分を甘やかしているところから出たものであることを自覚していた。社会生活を放棄してしまった甘えと同質の部分から、矢ヶ崎の変態行為は出ていた。その一方で、ビジネスマンとしてきちんと働いていたときの、ノルマ達成のためには手段を選ばない冷酷非情なキャラクターも、まだちゃんと彼には残っていた。

「逆にこっちから言っておくことがある」

使えるようになった尚美のケータイを通じて、矢ヶ崎は冷たい声を津田に投げつけた。

「もう二度とこのケータイに電話をしてくるな。しつこくつきまとってきたら、おたくの裸をネットに流す」

「ちょっと待て！」

津田はわめいた。

「おれの裸をネットに流すだって？　それじゃ、おれの写真は消さないつもりなのか。ぜんぶ消すといったのはウソだったのか」

「あんたの裸など見たくもない。尚美さんと絡んでいる写真はとくに見たくない。だからほとんどは消す。それは、あんたのためではなく、コレクションを美しいものにしておきたいからだ。だが、一部分はとっておく。そうでないと、あんたはきっと私を裏切る」

「裏切ったのは、おまえのほうだろう！」

興奮する津田の声がひっくり返った。

「話が違うぞ」

「それ以上わめくと、録音データもとっておくぞ。まあ、わめかなくても、最初から切り札として残しておくつもりだったがね。それから、間違ってもまた機能を停止しようなんて考えるなよ。こんどやったら、タダじゃすまねえぞ」

「……………」

ショックで津田が口をつぐんでいる間に、通話は一方的に切られた。

和室に敷いたふとんの枕元《まくらもと》にある時計は、午前二時十五分を示していた。

だが、眠れなかった。酔いつぶれているはずなのに、眠れない。アルコールでさえも麻《ま》痺《ひ》させられない神経の昂《たか》ぶりがあった。

尚美に対して卑怯《ひきょう》な裏切りをした自己嫌悪と、矢ヶ崎にだまされた怒りと、この先の自分がどうなるのだろうという恐怖とで、津田はどうやっても眠りに陥ることができなかった。そして、何度も何度もため息を洩《も》らした。後悔と憤怒《ふんぬ》と絶望のため息だ。

すると、隣で寝ていた妻の寛子が起き上がり、布団から少し身を乗り出して、手を伸ばせば届く近さにある襖《ふすま》をスーッと開けた。

廊下の冷えた空気が和室に流れ込んできた。

「寛子」

目を閉じたまま、津田が声をかけた。

「おまえも眠れないのか」

「お酒臭いのよ、お父さんの息が」

半身を起こした恰好《かっこう》で夫を見下ろしながら、寛子は不快感を隠さない声で答えた。

「同じ部屋に寝ていたら、私までが酔っぱらってしまいそう。気持ち悪くて」

「じゃあ、襖を開けっ放しにしておけよ」

「そうしておくけど、私はリビングのソファで寝るわ」

「勝手にしろ。その前に冷たい水を持ってきてくれ。氷を入れて」

「なんでそんなに飲んだの」

「なんでもいいだろ」

「もしかして、ゴルフじゃなくて、野本尚美さんとの旅行が中止になったのね。それのヤケ酒？」

「なに？」

津田はパチッと目を開けた。そして、枕元の豆電球でオレンジ色に照らされた妻の顔を見つめた。

「誰がそんなことを言った」

「やっぱり、当たりね」

「だから、誰がそんなことを言ったときいてるんだ！」

「私や子どもたちを裏切っておいて、そんなえらそうに怒鳴らないで」

声は抑えていたが、寛子の表情は厳しかった。

「あなたの不倫を電話で教えてきてくれた人がいたわ。矢ヶ崎さんという人よ」

「矢ヶ崎だって！」

津田は、びっくりして布団をはねのけた。

「そいつがうちに電話してきたのか」

「そうよ」

「なんて言ってきたんだ」

「知りません」

「ちょっと待て」

津田は、布団を抜け出してリビングのほうへ行こうとする妻の脚を、寝巻の上からつかんだ。

すると、サッカーのボールでも蹴飛《けと》ばすような勢いで脚を強く振って、夫の腕を撥《は》ねとばしながら、寛子は叫んだ。

「私にさわらないでちょうだい！」

「………」

津田は愕然《がくぜん》となった。

（一日のうちに二度もだ……。二度も、女から「私にさわらないで」と言われた）

津田は、家庭にも外にも、自分の居場所がなくなったのを悟った。

2

全身が凍りつく、とはこのことだった。

動けなかった。尚美はまったく動けなかった。さきほどの金縛り状態とは別の、冷たさを伴うかたまり方だった。部屋の中だけが極寒《ごっかん》の北極にワープしたような、キリキリとした痛みさえ感じる冷たさが野本尚美の全身を覆った。

カーテンを引き開けるまでは真っ暗だった室内に、マンションの外に立っている街灯の明かりが差し込んできて、中庭に面したあたりがボーッと明るくなっていた。その明かりを背にした矢ヶ崎則男の全身が、シルエットとなって浮かんでいた。そして、ガラスに密着させた顔のあたりは、はっきりと見えている。

尚美にとって聞き慣れた自分のケータイの着メロが、ガラス戸の向こうでけたたましく鳴りつづけていた。

と、突然それが静かになった。矢ヶ崎が通話ボタンを押したのだ。

「尚美さん」

男の声が二重に聞こえる。ガラス戸を通したくぐもった声と、尚美の背後で電話台にほうり出された受話器との両方から。

「尚美さん、きましたよ。このケータイを返しにきましたよ」

矢ヶ崎は鼻の頭をガラスにこすりつけたまましゃべっているので、ガラスが息でくもったり、透き通ったりする。周囲が寝静まっている状況を意識してか、矢ヶ崎の声は決して大きくなかった。しかし、はずしたままの受話器からも、わずかにタイミングをずらして同じ声が聞こえてくるので、尚美は、前と後ろから変態男の挟《はさ》み撃《う》ちにあったような錯覚を覚えた。

「人に見られたらヤバすぎるこのケータイ、返してほしくないんですか」

尚美は答えられない。返してほしいに決まっていたが、ガラス戸を開けるわけにはいかない。それに、返事をしようとしても声が出なかった。

すると矢ヶ崎は、突然、口を開けて舌を長く突き出すと、目の前のガラスを舐《な》めはじめた。このところ風の強い日が多かったために、ガラスは砂埃《すなぼこり》をたっぷりと浴びていた。それなのに矢ヶ崎は平然とそれを舐め回し、這《は》い回った舌の跡を残していった。まるでナメクジだった。

尚美は、男の異常な行動を唖然《あぜん》として見つめるよりほかなかった。

矢ヶ崎はいったん舌を引っ込めると、こんどは唇をガラスに押し当て、唾液《だえき》の糸を引きながら這い回らせた。

「ぶちゅちゅちゅちゅ、ずるずるずるずるっ」

ガラス越しに聞こえるのと、背後の受話器から流れてくる、吐き気を催すよだれの二重奏。悪夢だった。耳をふさぎたかった。目を閉じたかった。だが、恐怖で凍結された尚美は、耳を手で押さえることも、目を閉じることも、顔をそむけることもできずにいた。

「尚美さあん」

鼻の頭が潰《つぶ》れるほどガラスに顔を強く押しつけて、矢ヶ崎が呼びかけた。

「ガラス越しのチューしましょう。ね、ガラスを挟んだキスでいいから、尚美さんの唇の温かさを、私の唇で感じたいんです」

そして矢ヶ崎は、またガラスの上に二匹のナメクジにみえる上下の唇を這い回らせた。

しかし、いつまでも尚美が動かないのを見ると、急に瞳《ひとみ》に威嚇の色が加わった。

「チューしてくれないと、ここ、叩《たた》き割りますよ」

（拓磨君……）

救いを求める尚美の脳裏に浮かんだのは、警察でもなければ津田でもなく、五十嵐拓磨の存在だった。おれにできることは何でも言ってください、という力強い拓磨の言葉を思い出した。

（拓磨君を、電話で……呼ばなきゃ）

買ったばかりの黒いケータイがソファの足元に無造作に転がっているのが、視界の片隅に入った。だが、新品のケータイにはまだ何も登録していない。拓磨の番号を暗記しているわけでもなかった。となると、彼に連絡をとる唯一の方法は、固定電話の留守電に記録された拓磨の着信を表示し、それに対して発信することしかなかった。

尚美は恐怖に凍りついた身体《からだ》を必死の思いで動かし、中庭に面したガラス戸から離れて、固定電話のところへ戻った。そして受話器を置いて矢ヶ崎とつながっている通話を切った。

それから、急いで着信履歴表示をスクロールしながら拓磨の番号を探した。彼の録音は、ぜんぶで十七件あるメッセージの後ろのほうだった気がする。しかし、六件目に入っていた友人からの着信表示まできたところで、固定電話が鳴り出した。固定電話の液晶画面の表示が切り替わって、落としたケータイの番号が出た。ガラス戸の向こうで、矢ヶ崎が尚美のケータイを耳に当てていた。

尚美がどこかに電話をしようとするのを妨害《ぼうがい》するために、固定電話にかけてきたのだ。

尚美は急いで受話器を取り上げ、すぐまたその受話器をフックの上に置いた。そして着信リストを一件目からスクロールし直した。だが、矢ヶ崎はリダイヤルボタンを押すだけだから早かった。こんどは四番目の履歴——つまり、矢ヶ崎自身が残した無言電話の表示が出たところで、固定電話が鳴り出した。

また尚美は受話器を持ち上げて、すぐに切った。しかし、着信表示もまた元に戻って、一からやり直しになる。すると、またしても矢ヶ崎が固定電話を呼び出し、画面には自分のケータイ番号が表示され、スクロール作業が中断する。ふたたび尚美が矢ヶ崎からの通話を切る。それの繰り返しになった。

受話器を上げっぱなしにしておいたのでは着信履歴が出ないから、受話器を置いてスクロールするしかなかったが、その間に、どうしても矢ヶ崎からの妨害電話を受けてしまう。キリがなかった。拓磨のケータイを呼び出すことは、永遠に不可能かと思われた。

だが、無限につづくかと思われた八回目のトライのとき、矢ヶ崎が操作を焦ったか、尚美のケータイを手から滑らせて地面に落とした。それが尚美の目にも入った。

チャンスだった。尚美は必死にスクロールボタンを押しつづけた。ついに拓磨のケータイ番号が出た。ほぼ同時に、中庭では矢ヶ崎がケータイを拾い上げた。彼の指がリダイヤルボタンにかかった。

その動きを見ながら、何分の一秒かの差で、尚美のほうが先に拓磨の番号への発信ボタンを押した。

やっと、かかった。コール音が鳴る。ガラスの向こうでは、話し中の通知音が流れてくるケータイを耳に当てた矢ヶ崎が、怒りで口を歪《ゆが》めていた。

しかし、拓磨が電話に出ない。無理もなかった。いまは真夜中の二時を過ぎている。爆睡しているに決まっていた。問題は、留守番電話センターにつながる前に起きてくれるかどうかだった。

（早く、早く、早く、拓磨君、早く起きて）

延々と鳴りつづけるコール音を聞いている間、尚美は矢ヶ崎のほうをふり返らないようにした。彼の変態ぶりがあまりにも恐ろしくて、見ていられなかった。

ドンドンドンとガラス戸を拳《こぶし》で叩きながら、中庭から矢ヶ崎が呼びかけてきた。

「尚美さあん」

「入れてくださいよお」

ドンドンドン、と叩く音が激しくなった。

その音で周囲の住人が目を覚まして、異変に気づいてくれたらと願いながら、尚美は受話器を握って足踏みした。

（拓磨君、早く出て。早く、早く）

幸運なことに、拓磨は留守電の設定をしていなかった。だから呼び出し音は延々とつづき、そして、ついに拓磨が出た。

「あい」

はい、ではなく、濁った感じの「あい」という拓磨の応答が聞こえた。いかにも熟睡中を起こされたという寝ぼけ声だ。だが、すぐに目を覚ましてもらわなければ困る。尚美は叫んだ。

「拓磨君、助けて！　大至急、うちにきて！」

「……ん？　尚美さん……ですか？」

「そうよ。いま、うちに男がきてるの。ケータイを拾った男よ！　中庭に入り込んでいるの！　このままだと、ガラス戸を割って入ってくるかもしれない」

「ケータイを拾ったやつが、尚美さんの家に？」

拓磨の声から眠気が飛んでいた。

「じゃ、すぐに警察を呼ばないと」

「警察は呼びたくないの」

「どうして」

「とにかくイヤなの」

この緊急事態に及んでも、尚美はケータイの中身に関する秘密を明らかにすることを恐れていた。たとえ、それが警察であっても。

「じゃ、ぼくが代わりに呼びます」

「呼ばないで！　拓磨君がきて！」

尚美はキンキンした声で叫んだ。

「じゃ、行きますけど、尚美さんち、どこですか」

「大井町線の緑が丘よ」

「駅名を言われても、こんな時間だから、電車、もうないですよ。車で行くから、住所を教えてください」

「えーと……わからない」

「自分ちの住所ですよ」

「それがわからないのよ！　出てこない」

ただでさえ、十日前に引っ越したばかりで満足に住所が頭に入っていないのに加えて、パニック状態に陥っているために、目黒区緑が丘から先の番地が出てこなかった。何丁目かさえ、わからなくなっていた。

「緑が丘の一丁目か四丁目か……よくわかんない。でも拓磨君、さっきの留守電、なんで引っ越したばかりのうちの番号を知ってるの」

「守衛室にきいたんです。心配だったから、急用だと言って」

「だったら、私の住所も守衛室にきいて。私じゃわからないから」

尚美は完全に取り乱していた。言っていることが支離滅裂だった。

「じゃ、マンションの名前はわかりますか」

「ニューグリーンプラザよ」

それだけは記憶にとどまっていた。

「何号室ですか」

「わかんない」

「中庭があるんだから一階ですね」

「そう、一階。でも、何号室かはわかんない」

完全に頭の中が真っ白になっていた。

答えているそばから、ドーン、ドーン、と、矢ヶ崎のガラス戸を叩く音がだんだん激しくなる。尚美さあん、尚美さあん、という声も大きくなる。

尚美はどんどん精神的に追いつめられていった。

「じゃ、尚美さん、とにかく住所を調べながらそっちに向かいます」

「どれぐらいかかるの」

「ぼくんちは小田急線の千歳船橋《ちとせふなばし》駅のそばですから、この時間なら環八《かんぱち》をぶっ飛ばして十五分。探すのに、もう少し時間はかかると思いますけど。それじゃ、いまから出ます」

「待って、待って、待って。電話切らないで」

尚美は必死になって叫んだ。

「この電話を切ったら、またあいつがかけてくる」

「これ、尚美さんちのイエデンからかけているんですよね。ほかの電話はないんですか。落としたケータイの代わりは？」

「買ったわ」

「番号は」

「わからない」

「なんでもかんでも『わからない』ばかりじゃなくて、しっかりしてください」

「だって、買ったばかりなのよ。覚えられるわけないじゃない！」

「メニュー＋０で、ケータイ番号が出ます。それを、いますぐ教えて」

「待ってて」

尚美は、あわてて新品のケータイを取りにソファのところまで行った。その様子を、矢ヶ崎がじっと目で追う。

黒いケータイを手に取ると、尚美は固定電話のところへ戻り、メニュー＋０を押して、新品のケータイ番号を液晶画面に出した。

「わかったわ。０９０の……」

尚美の新しいケータイ番号を控えた拓磨は、いまや完全に眠気の吹き飛んだ声で言った。

「以後、ぼくはそっちのケータイに連絡を入れます」

「じゃ、この電話は」

「切ってください」

「コードを切るのね」

「そうじゃない。だいじょうぶですか、尚美さん。受話器を置くんです」

「そうしたら、またかかってくるじゃない」

「電話に出るんです。そして、相手をなるべく刺激しないように、当たり障りのないことを言って、ぼくが着くまで時間稼ぎをしてください」

「そんな……」

「尚美さんに執着している男は、きっと相手にされているうちは、なんとか感情を制御できる。無視されたときにキレると思う」

「……」

「もう一回確認しますけど、一一〇番しちゃダメなんでしょ」

「しないで」

「もしも、ぼくが勝手に警察を呼んだら？」

「拓磨君！」

「わかりました」

尚美に凄《すご》まれて、電話口の拓磨は、それ以上こだわるのをやめた。

「じゃ、いまから大至急そっちに向かいます。マンションの名前がわかったから、交番でききますよ」

「絶対、警察には言わないでよ。ヤなんだから！」

「わかりました」

拓磨の声は、尚美が公園でケータイを失《な》くしたことに対する自分の責任を強く意識した硬さがあった。

「可能な限り早く着くようにしますから、尚美さん、くれぐれも無茶はしないでくださいよ。緊急の場合は玄関から逃げ出すか、トイレに閉じこもるか、とにかく身を危険に晒さないように。……それでは」

3

尚美が拓磨との通話を終えても、男はこんどは電話を入れてこなかった。いまや彼は電話の会話よりも、尚美の部屋の中に入って、じかに対面することに固執していた。

「入れてください、尚美さん。私を部屋に入れてください」

さっきまでドーン、ドーンと拳でガラスを叩いていたのが、いまでは下半身を突き出すようにして、腰をガラスにぶつけていた。

「尚美さん、入れて、入れて、早く入れてえ」

（この変態男……）

矢ヶ崎の奇矯《ききょう》な行動を見ているうちに、尚美の頭の中で何かがはじけた。

引っ越したばかりの住所はもちろん、部屋番号さえも思い出せなくなっている尚美の頭脳は、一種のフリーズ状態にあるといってよかった。記憶だけでなく、論理的な思考もフリーズしていた。だから、身の安全のために警察を呼ぶことよりも、警察にケータイの中身を知られたくないという恥の感情が優先した。「電話を切る」という言葉から、「コードを切る」という方向へ連想が走った。

明らかに尚美は、思考回路に異変をきたしていた。アルコールのせいもあった。だが、ケータイをベンチに置いたことを失念した瞬間からはじまった不運の連続が、あまりにも濃密に凝縮されたものであったために、頭が自分の運命を受け入れられず、オーバーヒートしていた。

ケータイを失くした。最悪の男が拾った。その不運から自分の人生が破滅へとまっしぐらに向かっていることが、どうしても受け入れられなかった。そして気がつくと、尚美はキッチンへ走っていき、包丁を取り出していた。

それを右手に握った瞬間から野本尚美は、これまで津田にも、会社の仲間にも、両親にも見せたことのない、ものすごい形相を浮かべていた。クールビューティーのキャッチフレーズが浸透し、社内の誰もが「理知的な美女」と褒《ほ》め称《たた》える尚美の顔が、憎悪《ぞうお》と悲しみをむき出しにした般若《はんにゃ》になっていた。そして、ガラス越しに矢ヶ崎則男と相対《あいたい》した。

入れて、入れて、早く入れて、と叫びながら、腰をガラス戸に打ちつけていた矢ヶ崎が、豹変《ひょうへん》した尚美の表情を見て口をつぐんだ。卑猥《ひわい》な腰の動きも止めた。そして、彼女の手に握られた刃物を、目を丸くして見つめていた。

尚美は、つぎに自分がどんな行動に出るのか、自分でもまったく予測がつけられなかった。このままでは、相手に包丁を向けていても、ガラス戸に隔《へだ》てられて、それを実際に突きつけることはできない。そうするために戸を開けたら、修羅場だ。

一方、包丁の刃先を自分に向ける可能性もあった。今や、明日の自分がどうなっているのか、わからない状況だった。これまでのように、平穏無事な明日が訪れるのがあたりまえ、という人生は終わったのだ。待っているのは屈辱——いや、もっとひどい言葉で「汚《お》辱《じょく》」と言ってもよい拷問《ごうもん》だった。社長から仕事ぶりを絶賛されたひとりの女が、不倫の汚名と、淫《みだ》らな痴態を全社員の前に晒すのは時間の問題なのだ。

もちろん、そのニュースは両親にも伝わる。娘のそんな話を聞いたら、これまで育ててくれた親がどれほど悲しむか。そのつらい場面を見るぐらいだったら、いっそのこと——

と、思いつめても不思議はない心境だった。

(ケータイは悪魔の玉手箱)

ふと、そんな表現が尚美の脳裏に浮かんだ。

(絶対に他人には渡せない悪魔の玉手箱。もしも他人に開けられたら、その瞬間に白い煙がもうもうと湧《わ》き出して、本来の持ち主は地獄に堕《お》ちる……)

さらに頭の片隅に、数分後に——いや、もしかすると数十秒後に起きるかもしれない惨劇のイメージが広がった。真っ赤な血の海だ。自分が矢ヶ崎を殺すのか、それとも自らの命を消滅させるのかわからないが、いま右手に握っている包丁によって、どちらかの身体《からだ》から真っ赤な噴水が噴き上がるイメージだ。

(人間なんて……)

尚美は思った。

(かんたんなことで、めちゃくちゃになるんだ……)

公園のベンチでケータイを自分の脇に無意識に置いただけで、半日後には地獄が待っていた。その不注意も悔やまれたが、何よりも悔やまれるのは、高機能化したケータイを「画像付きの不倫日記」に仕立ててしまったことだった。

やっぱり直感を大切にすべきだったのだ。ケータイカメラで裸などを撮らせたらダメなのだ。そういうのは男の本能的な欲望だろうけれど、徹底的に拒絶をするべきだったのだ。

写真だけではない。メールもそうだった。尚美はパソコンのキーボードで打つときも、ケータイを親指で操作するときも、会話をするようなスピードでメールを打つことができる。だから、メールのやりとりをまさに会話と錯覚しているところがあった。つまり、しゃべったそばから消えていくようなイメージで捉《とら》えていたのだ。それで、ついつい露《あら》わな性表現を、津田とのメールで使ってきた。恋人どうしの、その場かぎりのおしゃべりのように……。

実際に口に出してしゃべる会話も、ふたりの関係が深まるにつれてポルノ映画並みのレベルになっていたが、それと並行して、メールに書く内容もあからさまになってきていた。しかも、会話のつもりで打っているメールでありながら、尚美は津田との間の送受信メールをすべてケータイに残してあったし、津田も保存していた。

その内容を他人に見られた。尚美はケータイを紛失したことによって。津田は、ケータイを盗み見られたことによって。

たとえ紛失や盗み見などでなくても、個人的に送信したつもりのメール内容を、相手が勝手に第三者に見せることは大いにある。それどころか、まるごと他人に無断で転送されてしまうことだって珍しくはないのだ。しかも、それを受け取った相手が興味を示せば、さらに転送の輪は広がっていく。受け取った人間によっては、それを永久保存版とするかもしれない。

メールは消えない。そして、よほど信頼の絆《きずな》で結ばれた間柄でのやりとりでないかぎり、メールのプライバシーは守られる保証がない。そういう基本的な危険性を忘れたことが、悲劇の根本にあった。

そうした後悔が脳裏を超高速でよぎったが、いまの尚美にとっては意味もない後悔だった。気がつくと尚美は、これまでとは逆に、自分を恐怖の眼差《まなざ》しで見つめる矢ヶ崎に向かってつぶやいていた。

「殺してやる」

けっきょく、包丁の刃先は自分にではなく、ケータイを拾った男に向けられた。

「殺してやる」

二度繰り返した。

ガラスの向こうまで届かないほどの小声だったが、矢ヶ崎には尚美の唇の動きと手にした包丁の動きで、意味がわかった。

矢ヶ崎はガラス戸から二歩、三歩、下がった。尚美のケータイをコットンパンツのポケットに突っ込み、くるりと背を向けた。侵入してきたときと同じように、中庭と外部を隔てる背丈よりも高い塀に飛びつき、それを必死によじ登りはじめた。

あれだけしつこく中に入れろと迫っていた男が、尚美の顔に本気の殺意を見てとったとたん、あわてて逃げ出した。

その姿を見て、かえって尚美の怒りの炎が倍増した。尚美はガラス戸のロックを開けた。そして、壁をよじ登る男の背中に向かって、包丁を持って突進した……。

4

五十嵐拓磨が尚美のマンションを探し当ててやってきたのは、見込みよりはるかに時間がかかって、電話を切ってから三十分後だった。

尚美の新しいケータイにかけても、固定電話にかけても、コール音が鳴りつづけるばかりで応答がないので、拓磨は最悪の事態を覚悟して戦慄《せんりつ》した。オートロックの正面玄関の前でインターホンを鳴らしても出なかった。管理室の呼び出しボタンもあったが、夜間は不在のようで、こちらも応答がない。

警察は絶対呼ばないでと尚美に命令されていたが、そんなことを言っている場合ではないと、拓磨は緊張した。しかし一一〇番をする前に、自分の目で事態を確かめようと考え、集合ポストから尚美の部屋が107号室であることを確認し、表の道路からおおよその位置を見当つけて、矢ヶ崎がやったのと同じように、塀をよじ登った。

ヘタをすれば深夜の家宅侵入で通報されるおそれがあったが、正当な理由があるから拓磨はためらわなかった。そして、自分が着地すべき区画はすぐにわかった。

包丁を片手に持ったまま、中庭の地面にへたり込んでいる尚美が見えた。拓磨は、塀の上から小声で呼びかけた。

「尚美さん」

その声で顔を上げ、拓磨の姿を認めたとたん、尚美は冷たい夜気《やき》に白い息を吐き出しながら、子どものように泣きじゃくりはじめた。

「ここで転ばなければ……」

中庭に下りて駆け寄った拓磨の腕の中で、尚美は嗚咽《おえつ》で言葉を途切れさせながら言った。

「転ばなければ、私、人を、殺すところだった。ほんとうに、あとちょっとで……」

第七章　悲報到来

1

夜が明けた——

野本尚美は五十嵐拓磨の腕に抱かれたまま、ソファで少しだけ眠った。起きたときが、ちょうど夜明けのタイミングだった。

「もうここには住めない」

白っぽい夜明けの光に照らされはじめた中庭を見つめながら、尚美はつぶやいた。

「たった十日前に引っ越してきたばかりなのに、もうこの部屋には住めないわ」

「だいじょうぶですよ」

拓磨は、腕の中に抱いた八歳年上の先輩社員を見つめて言った。

「尚美さんさえよければ、ぼくがボディーガードとして、しばらくここに寝泊まりします。事態が落ち着くまで」

「拓磨君が？」

「ぼくの部屋を使ってくださいと言えればカッコイイんですけど」

拓磨は苦笑した。

「人格を疑われるぐらい散らかってますから」

その言葉に尚美もやっと微笑を取り戻し、拓磨に抱かれた姿勢のまま、彼の顔を見上げて言った。

「拓磨君の人格を疑ったりするわけがないわ。あなたはほんとうにすてきな人よ」

「いやいや、そんなことはないです。ただ、見境のつかないことはしないから大丈夫です」

「見境のつかないこと、って？」

「尚美さんを襲っちゃうとか」

「……」

「そのへんは立場を心得てますし、尚美さんのトラブルにつけ込むようなことはしません。とにかくぼくは、尚美さんを守ってあげたいんです。それに昨日、ぼくが公園で尚美さんに声をかけなきゃ、こんなことにならなかったんですから、そういう意味では、変態男がここにやってきたのも、ぼくの責任です」

「ねえ、拓磨君」

拓磨から目をそらし、尚美はつぶやいた。

「私、一週間後の自分が怖いの」

「一週間後の自分？」

「そう。来週のいまごろまでには、こんどのことで社内で大恥をかいているのは確実だし、不始末の責任をとって、会社を辞めているかもしれない。それだけならまだしも、もう一回あの男がきたら、こんどこそ本気で殺すと思う。だから、一週間後の自分は、殺人犯として逮捕されて、拘置所《こうちしょ》にいる可能性だってある。それとも、生きていられないほどの辱《はずかし》めを受けて、もうこの世にいないかもしれない」

「尚美さん……」

「私……」

尚美は、また泣きはじめた。

「一週間後どころか、明日の自分がどうなっているかもわからない不安に、もう耐えられないの。怖くて、怖くて、頭がどうかなってしまいそう。小説とか映画なら、主人公がどんなにひどい結末を迎えても、そこで終わりがあるけれど、実際の人生には『事件の終わり』なんてないのよ。人間としてあまりにも大きな失敗をしたら、それを一生引きずっていかなきゃならない。悲劇のネバーエンディングストーリーよ。いずれ時が解決するなんて、そんな甘いもんじゃない」

「でもね、尚美さん」

自分でも無意識のうちに、拓磨は、泣きじゃくる尚美の髪の毛を撫《な》でていた。

「年下のぼくがあまりえらそうなことは言えませんけど、人生はそんなに捨てたもんじゃないかもしれないです」

「これのどこがよ。ひどすぎるじゃない、今の私の人生。それもたった一日で」

「いや、たとえばですね、尚美さんは逃げる男を追いかけて、本気で包丁で刺そうとした。でも、中庭に出たとたんに転んだんですよね。それでタッチの差で男に逃げられた。それって、たぶん、神様がいるってことじゃないですか」

「神様？」

「そうですよ。ぼくは無宗教だし、信仰心もないけど、その話を聞いて、なんだか神の存在を感じるんです。尚美さんの人生をダメにしちゃいけないって、神様が土壇場で救ってくれたんですよ。尚美さんを転ばせることによって」

「……」

「尚美さんは、公園のベンチにケータイを置かなければ、こんなひどいことにならなかったのに、と思っているかもしれませんけど、今回はその逆だったんじゃないんですか？もしも転ばなかったら……それを考えたらゾッとしませんか」

拓磨の言葉を聞いて、尚美は涙でぼやけた視線を中庭に向けた。

たしかにガラス戸の向こうの中庭は、一歩間違えば血まみれの殺人現場になっていた場所だった。文字どおり『一歩間違えば』……。いや、一歩間違えたからこそ、尚美はバランスを崩して転び、そこで運命が変わったのだ。

「尚美さんが転んでいなかったら」

拓磨もいっしょに中庭をふり返って言った。

「尚美さんは、殺人の犯人として逮捕されていたでしょう。きっとぼくが警察に通報する役回りになって、いまごろ朝一番のテレビニュースで全国に野本尚美の名前が殺人者として報道されていたはずです。会社もひっくり返るような大騒ぎ、千葉店の不祥事なんか吹っ飛んでしまうほどの大事件になっていた。そんな運命が待ちかまえていたんですよ。だけど尚美さんが転んだことで、最悪の事態を避けられた。……そう考えていったら、明日であろうと一週間後であろうと、少なくともそれよりはマシな未来が待っていると考えなきゃ。また、そうしないとダメでしょう」

「……」

「だからヤケにならないでください。絶望しないでください。もしも男がまたアプローチしてきても、絶対に感情的になっちゃいけない。神様だって、二度は助けてくれないだろうし」

「そうね」

尚美は、拓磨の言葉を噛《か》みしめるように小さく何度もうなずいた。

そして、頬《ほほ》の涙をぬぐって言った。

「ありがとう。少しだけ楽になったみたい。ただ、問題はあの男だけじゃないの」

「というと？」

「昨日の午後、電話会社にケータイの紛失を届けて、拾ったケータイが使えないように遠隔ロックをかけてもらったのに、矢ヶ崎と名乗る男は、ロックされたはずの私のケータイを使って電話をしてきた。つまり彼は、いまだに私のケータイの中身を好きなように見られる状況なのよ」

「でも、どうやって解除できたんですか」

「どうやってもできないはず。解除には、紛失を届け出たときに決めた四ケタの暗証番号めが必要だから。ただ……」

「ただ?」

「その暗証番号を知っている人間が、私以外にもうひとりいるの。紛失の連絡をするためにケータイを使わせてもらって、解除番号を電話会社に伝えているときにもそばにいた人」

「津田部長?」

拓磨は、まさかという顔で目を見開いた。

「部長が、せっかくかけたロックをまた解除したというんですか」

「電話口で私の代役を務められる女性を用意できれば、解除のためのデータを部長はすべて持っている」

「なぜ、そんなことを」

「矢ヶ崎と名乗る男から脅されたからでしょう。私のケータイをまた使えるようにしないと、写真をばらまくとか」

「写真って?」

拓磨は反射的に問い返したが、すぐに愚問だと気づいて謝った。

「すみません、よけいなこときいて」

「いいの。拓磨君にはすべて話しておきたいから。私ね、ほんとうはいまごろ部長と箱根に行っているはずだったの。二泊三日の不倫旅行」

尚美は、自分からあえて「不倫」という言葉を使った。

「それを中止にしたのは、ケータイを拾った男に脅されるトラブルが起きたからだけじゃない。津田さんの背信《はいしん》行為がバレてしまったから」

そして尚美は、拾われてしまったケータイに、どれだけ他人に見られてはまずいデータが満載だったかということを、ありのままに打ち明けた。津田が行なった無断の録音行為も。

拓磨は、しばらく声も出せなかった。

「イヤになったでしょ、私という女が」

自分を抱いてくれていた拓磨の腕をほどくと、尚美はソファから立ち上がった。

「私のことは、もう気にしてくれなくていいわ。巻き込んでしまってごめんね。私、あなたに守ってもらう資格なんてない。ひとりでなんとかするから」

「なに言ってるんですか、尚美さん」

拓磨も急いでソファから立ち上がった。そして、尚美の腕をつかんで引き寄せた。

「さっきぼくは、尚美さんのトラブルにつけ込むようなことはしない、と約束しました。

だから自分を抑えてるけど、そうじゃなかったら、とっくに尚美さんを抱きしめてキスをしている。いまだって、そうしたい。それぐらい好きなんです」

自分をじっと見つめる尚美に向かって、拓磨は真剣な眼差《まなざ》しで訴えた。

「尚美さんが部長とどんなことをしていようと、ぼくの気持ちは変わりません。それだけはわかってください。だから、気にしてくれなくていいなんて言わないでください。それよりも早く止めないと。もう一回ケータイを止めないと、また男に悪用されますよ。こんどは別の暗証番号にすれば、部長だって二度と解除できない。そして、部長に電話をして問い質《ただ》すべきです。止めたケータイがまた使えるようになっているのは、どういうわけかと。夜が明けたばかりの時間だけど、かまわないじゃないですか。たたき起こして追及すべきですよ」

拓磨はまくし立てたが、尚美はゆっくりと首を横に振った。

「いいの、もう」

「いいの、って？」

「津田さんという人は、もう見限ったからいいの。昨日の昼までは、津田さんをひとりの男性として心から愛していたし、ひとりの上司として心から尊敬していた。でも、いまは自分でも信じられないぐらいに、完全に気持ちが離れてしまった。そして心から軽蔑《けいべつ》している。軽蔑している人のやった行為に、これ以上関わりたくないの」

「でも、尚美さんのプライバシーに関わる問題ですよ」

「じゃあ、ここで部長に電話して問いつめたところで、どんな答えが返ってくると思う？　たぶん、自分はまったく知らないと言い張る可能性が九十五パーセント。残り五パーセントぐらいの確率で、私に無断で解除したことを認めるかもしれない。でも、言い訳が想像できるわ。男の言うとおりにしないと、きみの命が危ないと脅されたから、やむをえずやったんだ、とかね」

尚美は力のないため息を洩《も》らした。

「そういったしらじらしい弁解を聞くのは、虚《むな》しすぎるでしょう？」

「わかりました。じゃ、部長の追及はやめるにしても、尚美さんのプライバシーが侵される事態は絶対に避けないとまずいですよ。だから、いますぐ電話会社に連絡してください。紛失関係は二十四時間受付のはずだから」

「もう一度ケータイを止めたら、あの男は怒り狂って、こんどこそもっとひどいことを私にしてくるわ」

「止めなければ止めないで、男は好き勝手なことをしてきますよ。ケータイの中にいる尚美さんは、男を刺激しつづけるはずだから」

「ケータイの中にいる私？」

拓磨の使った表現を繰り返すと、尚美はフッと笑った。そして言った。

「ケータイの中にいる私を助けるのは、もう無理よ。それよりも生身の私をどうするかで精一杯」

「そこでヤケにならないで」

「ヤケになってるわけじゃないわ。殺人者になるよりはマシな未来しかない、と拓磨君が言ったでしょう？　そう考えたら、私の写真やメールや録音がどう使われようと、開き直るしかない」

「そんなことを許したら、男がいつまでも尚美さんにつきまといますよ」

「だから、ここにはもう住めないわ。そして、会社にもいることはできない」

「まさか……辞めるんですか、会社を」

「それ以外にないでしょう。こんな形でみんなの笑い物になったら、会社から去るしかないのよ」

「だったら、ぼくも辞めます」

「拓磨君」

尚美は、涙の跡を残した顔で笑った。

「気持ちは嬉しいけど、勝手に盛り上がらないで。絶対にあとで後悔するから」

「絶対に後悔なんて、しません」

「あなたはまだ二十五でしょう。傷だらけの三十三歳に人生を委《ゆだ》ねちゃだめよ。それに、拓磨君がこうやって助けてくれたことにはものすごく感謝しているけど、私はあなたが一生を懸けて守ってくれるほどの価値なんてない女よ」

「尚美さんは、ぼくが一生を懸けて守るだけの素晴らしい女性です」

「私……」

拓磨のそばから離れると、尚美は中庭に面したガラス戸にゆっくりと近づいた。急速に明けてきた空の輝きで、ガラスの表面を這《は》い回った「ナメクジ」の跡がくっきりと見えるようになった。

「来てくれて、本当にありがとう、いまからこのガラスをきれいにするわ。それが終わったら、どこかのホテルをとって、とにかく身体《からだ》を休めることにする。いまはもう、何も考えたくない」

「じゃ、ぼくはどうすればいいんです」

「帰って」

「………」

「ごめんね。冷たい言い方だと思わないで。助けてもらうときだけ必死にすがって、用が済んだらさっさと追い払う身勝手な女だと思わないで。そうじゃなくて、私はほんとうに……ほんとうに……」

ふたたび嗚咽《おえつ》がこみ上げてくるのを抑えながら、尚美は言った。

「ひとりになりたいの」

2

津田は、妻が出ていってひとりになった和室の布団の中で、一睡もできないでいた。

矢ヶ崎則男の脅迫に負け、自分だけが助かりたい一心でケータイを復活させてしまったが、相手には交換条件の約束を守ろうという意思はまったくみられなかった。

最悪の展開だった。津田は尚美を裏切り、そして矢ヶ崎には裏切られた。いまごろ矢ヶ崎が尚美のケータイに入っている写真などをどう使っているか、尚美にアプローチしているのかどうか、それが気になって眠るどころではなかった。

矢ヶ崎が尚美のケータイを使って尚美に連絡を取ったら、ケータイの復活に自分が関与したことがバレてしまう。そうなったときは、尚美の生命を脅《おびや》かすようなことを言われたから、やむをえず言うなりになったのだ、と弁明するつもりでいた。尚美が推測していたとおりの、しらじらしい言い訳を津田は用意していたのだ。

だが、聡明《そうめい》な尚美にそんな姑息《こそく》な弁明が通用するはずもないことも、津田自身がよくわかっていた。彼女の軽蔑の表情がいまから想像できるようだった。

津田にとっては、矢ヶ崎と名乗る男がいったいどのような人物なのか、そのプロフィールがまったくわからないことも大きな不安だった。矢ヶ崎は、ボイスメモの録音データを聞かせるときと、津田にケータイの復活を求めてきたとき、いずれも公衆電話を利用していたが、それは自分のケータイを使うと身元がバレてしまうからだろうと、津田は想像していた。まさか彼が借金取りに追われて、自分のケータイを投げ捨てて逃走中のホームレスで、尚美のケータイに通信手段を頼っているとは、思ってもみなかった。

むしろ矢ヶ崎はケータイに保存されたデータをコピーする手段をいかようにも持っており、ゆうべから今朝にかけて、その作業を完了しているのだろうと思い込んでいた。それだけに、津田は今後どのような脅迫が自分と尚美に対して行なわれるのかと、心の底から怯《おび》えていた。尚美を裏切ってケータイを復活させても、自分にとって安心材料はひとつもなかった。

そして、自分がやった恥ずべき裏切り行為をいまさら尚美に打ち明ける勇気もなかった。

（どうすればいいんだ、おれは。企画開発部長まで順調に出世の階段を上ってきて、役員の椅子まであと一歩というところで、すべてが崩れるのか？）

絶望感から叫び出したくなるのをこらえて、津田は布団を頭からかぶった。

尚美の身に大変な事態が起こり、そして部下のひとりである五十嵐拓磨が白馬の騎士役を演じていることなど、知るよしもなく……。

3

朝の小鳥の鳴き声が窓から聞こえてくるころ——

眠れない、眠れないと思っていた津田は、いつのまにか深い眠りに陥っていた。そして、夢の中で津田は、尚美の明るい歓声を聞き、そして尚美の安堵《あんど》に満ちた笑顔を見ていた。

「あった〜！」

尚美が公園のベンチ下の草むらからシャンパンゴールドのケータイを拾い上げ、それを高く掲げて、津田に向かって左右に振っていた。その場面は紗《しゃ》がかかっており、春の太陽が放つ煌《きら》めきが万華鏡《まんげきょう》のように周囲に散っていた。映画に出てくる回想シーンのように……。

「部長、ありました、ケータイ」

「おお、あったか！」

津田もパッと顔をほころばせて駆け寄った。

「よかったな、尚美」

「はい。もう、このままケータイが見つからなかったら、私、どうしようかと思って。だって、部長との恥ずかしい写真がいっぱい入っているんですもの」

「ぼくも、尚美がケータイを落としたと聞いて真っ青になった。会社から走ってきながら、すでに誰かに拾われていたら、そして誰かに中身を見られてしまったらどうしよう、もうぼくの人生はおしまいだ、と、目の前が真っ暗になりそうだった」

「部長、これを教訓にして、もうケータイカメラであのときの写真を撮るのはやめましょうね」

「ああ、わかった」

「それからメールも、おたがいに読んだあとはすぐに消すこと。自分が送ったメールもすぐに消すこと。これをルールにすると約束してください」

「もちろんだ、約束するよ。……ああ、しかし、ほんとうに無事に見つかってよかった。これで安心して今夜から箱根に行けるね」

「ええ。私、すごく楽しみにしてるんです。部長とふたりきりの旅行」

尚美は、愛情のこもった目で津田を見つめてきた。夢だけあって、そこが会社近くの公園という場面設定でありながら、津田は尚美と熱い口づけを交わした。そして唇を離すと、津田は真剣な口調で言った。

「尚美、これだけ純粋な気持ちで結ばれたぼくたちの関係が、ぼくに妻がいるというだけの理由で『不倫』と呼ばれることに、もう耐えられない。だから約束する。妻とは近いうちに別れる。子どもたちも大学生だから、両親の不仲を毎日見せつけられるよりはマシだと、きっと理解してくれるはずだ」

「じゃあ、私と……?」

「そうだ。結婚する」

きっぱりと言い切ったところで、津田は目が覚めた。

寝るときに頭からかぶっていた布団は、いつのまにか足元のほうまで蹴飛《けと》ばしていた。そして、和室のカーテンの隙間から外の日射《ひざ》しが洩《も》れて、畳に黄色いラインを引いていた。

尚美のケータイが無事に見つかったのが夢だったとわかった瞬間、暗い現実が重くのしかかってきた。

現実生活で苦しい出来事があったとき、夢でうなされるタイプの人間と、夢ではその苦しみが存在しないことになっているおめでたいタイプの人間がいる。津田は後者だった。人を殺した犯人は悪夢にうなされるとよく言われるが、津田だったら、夢では人を殺さなかった場合の展開を追いかけるだろう。その代わり、目覚めたときのショックは大きい。

津田は、もう一度夢の世界に戻りたかった。しかし、時刻はすでに正午になろうとしていた。

(もう昼か)

現実に引き戻されて重苦しい気分を抱え込みながら、津田はパジャマ姿で布団から這《は》い出《だ》すと、和室のカーテンを引き開けた。

太陽は出ていたが、かなり雲も広がっていた。雲の裂《さ》け目《め》からかろうじて陽光が差し込んでいるという状況で、その隙間も、いつ閉じられるかわからない「白い晴れ」だった。さわやかな「青い晴れ」だった昨日とは異なり、空はまだ明るいが空気が湿っぽく、気持ち悪いほど生温《なまぬる》かった。

（これはもうすぐ雨だな。俺の先行きを暗示しているかのようだ）

そう自嘲《じちょう》めいて思いながら、津田は窓を閉め、枕元《まくらもと》に置いたケータイに目をやった。電話やメールの着信を確かめるのが恐ろしかった。だが、尚美からも矢ヶ崎からも連絡は入っていなかった。

パコン、と音を立ててケータイを閉じると、津田は和室の襖《ふすま》を開けてリビングに出た。妙に静かだった。子どもたちが出かけているのは当然としても、妻がいる気配も感じられなかった。

「おい、寛子」

パジャマのボタンの隙間から片手を突っ込んで胸を掻《か》きながら、津田は妻の名前を呼んだ。

「寛子、いないのか？　ひろ……」

津田の言葉が途中で止まった。

食事の仕度がしてあるダイニングテーブルの上に、折り畳んだ紙が置いてあった。

寛子は、津田が寝ている間に外出するときは、いつもこのテーブルにかんたんなメッセージを置いておくのが習慣だった。だが、きょうはなぜか中身を読まないうちから、それが単なる伝言ではないという予感がした。

未明に、津田の酒臭い息を嫌って和室を出るとき、寛子から尚美との箱根旅行の件を言いあてられたことを思い出した。矢ヶ崎が、わざわざ家族に波乱を巻き起こすために知らせてきたのだ。しかし寛子は、夫の不倫情報を知らされても、津田に対して泣いたり問いつめたりせずに、突き放すような態度をとった。そして「私にさわらないでちょうだい」と言い放った。

寝起きの脳裏にそれらの記憶が鮮明に蘇《よみがえ》るのと同時に、折り畳まれた手紙が、離縁の宣告ではないかという直感に、津田は襲われた。

広げて斜め読みするなり、津田は目を閉じて天井を仰いだ。

予感していたとおりの内容だった。

夢では尚美に対して、妻とは別れると威勢良く宣言をした津田が、現実では妻から先に別れを突きつけられていた。しかもその内容は辛辣《しんらつ》だった。

《いったん熊本の両親のところに帰りますが、そのあとしばらくひとり旅でもしようかと思います。私を追いかけてわざわざ九州まできたりなさらないでください。携帯電話の電源も切ってあります。旅から戻ったら、正式に離婚の手続きに入らせてください。子どもたちには、あとで私から説明をしますけれど、ふたりとも大学生なのだから、このまま実家を拠点に暮らすなり、独り立ちするなり、それは父親であるあなたと話し合って決めてもらうようにします。親権はあなたにお譲りします。

とにかく人生の後半は、あなたと作った家族というものと完全に切り離された暮らしをしたいのです。父も母もいい歳《とし》ですし、残りの人生はあとわずかでしょう。私は一人娘ですから、ひとり旅で気持ちを整理したあとは、両親のもとに戻って、家業の和菓子屋を手伝いながら静かに暮らしていきます。同じ家族のためならば、あなたよりは自分の親のために尽くしたいのです。

離婚に伴う慰謝料などは請求いたしません。財産分与も要りません。私が請求しない代わりに、子どもたちにはきちんとしてやってください。

テーブルの上と冷蔵庫の中に、お昼の仕度がしてあります。レンジのお鍋には、あなたの好きなビーフストロガノフを作って置いてありますから温めて食べてください。あなたのために作る最後の食事です。

それでは、失礼いたします》

(それでは、失礼いたします……か)

文末の一言を心の中で繰り返しながら、津田は、自分に対する妻の根の深い憎しみを読み取った。

（たった一日で……尚美を失い、家庭も崩壊か）

津田は人生の激変に呆然《ぼうぜん》となっていた。

（それも、尚美がケータイを失《な》くしたということだけがきっかけで）

しかし、怒りの矛先《ほこさき》は尚美には向かなかった。ケータイを拾って脅迫行為に及んだ矢ヶ崎にも向かなかった。

（五十嵐の野郎）

矛先は部下の拓磨に向いていた。

（あいつが公園で尚美に声をかけなかったら、こんなことにはなっていなかったんだ。しかも、あいつが尚美に好意を持っているのは間違いない。許さん……）

津田茂は、女子社員の人気を集めるその端整な顔立ちを憤怒で歪《ゆが》めながら、全身を震わせた。

（五十嵐は絶対に許さん。六月の定期異動で飛ばしてやる。いや、六月では遅い。全店舗の食品売り場リニューアルプロジェクトの発動を大義名分に、東京からいちばん遠い店舗の販売スタッフとして飛ばしてやる。来週早々にでもだ）

「いいか、五十嵐」

知らず知らずのうちに、津田は声に出していた。

「おれは社長の右腕なんだ。社長にいちばん信頼されている参謀《さんぼう》なんだ。そのおれを怒らせたらどんなことになるか、思い知るがいい！　それから寛子、おまえも許さん。身勝手な離婚通告などしやがって！　おれに相談もなしにそんなことを決めて、話が通るとでも思っているのか」

津田はダイニングテーブルに載っていた食事の仕度を、片手で思いきり払い落とした。フローリングに当たって食器の割れる音が響き、料理が床に散らばり、跳ね返った飛沫《ひまつ》が壁にも散った。

さらに津田は、レンジ台に載っている鍋を取り上げると、中に入っていたビーフストロガノフをベランダに面したガラス戸に向かって思いきりぶちまけた。ガラスとカーテンが焦げ茶色に染まり、へばりついた牛肉が重力に沿ってゆっくりと伝《つた》い落ちた。

勢いあまって、津田の顔にもそれが飛び散った。

「ぐわーっ！」

焦げ茶色の飛沫で顔を汚した津田は、絶叫した。

顔を真っ赤にし、こめかみに血管を浮き上がらせ、喉《のど》に何本もの筋を立ててストレスの叫びを放った。

「ぐわあああっ！」

4

水曜日の夜はいつもより早くきた。天気のせいである。

夕方ごろから東京上空に雨雲が押し寄せ、太陽はその分厚いベールに完全に隠されて、日没時刻のはるか前から実質的な夜が訪れていた。

大雨ではないが、細かい粒の雨が糸を引くように天から降り注ぎ、ビルの窓明かりを輝かせている新宿の高層ビル群も、最上部は雨雲のために霞《かす》んで見えなくなっていた。

その高層ビルのひとつをまぢかに見上げる位置にある新宿中央公園のホームレスが集《つど》う一角では、多くの人間がそれぞれのテントや、屋根にブルーシートをかぶせた段ボールの家などに引きこもって出てきていなかった。だが、ひっそりと静まり返った情景の中で、大木の木陰で雨を凌《しの》ぎながら、逆さにしたビールケースに腰を掛けて語り合うふたりの男がいた。

ひとりは「よっちゃん」と周囲の人間から呼ばれている七十前後の老人で、ねずみ色の作業衣に、ＪＡの組合名が入ったカーキ色のキャップをかぶっていた。上の前歯はほとんど抜けていて、それがよっちゃんの風貌《ふうぼう》をユーモラスに見せていた。このテント村の一角では長老格である。

もうひとりは矢ヶ崎則男。昨夜買ったばかりの長袖フリースやコットンパンツは、たった一日で汚れて、しかも膝《ひざ》の一部が擦れて、膝頭《ひざがしら》が見えていた。侵入した尚美の部屋の中庭から必死で壁をよじ登って逃げ出すときに、汚し、破いたものだった。

「いい雨だなあ」

よっちゃんと呼ばれている老人がつぶやいた。

「降りすぎず、降らなすぎず、ちょうどいいあんばいだ。見てみ、あのビルの屋上を。いちばんてっぺんに向かって、少しずつ窓明かりが霞んでいっているだろう？　そして、その後ろに並ぶビルは、奥に行くにしたがって、やっぱり窓明かりが霞んでいく。上下の奥行きと、前後の奥行き、そのふたつの立体感が、ほどよい雨によって際立っているんだよ。おれに画材を買う金があったら、この雨の夜を絵に描くんだがなあ」

「よっちゃんさんは、画家だったんですか」

画材の前に才能はあるのかと訝《いぶか》しみながら矢ヶ崎がきくと、老人は歯の抜けた口を大きく開けて笑った。

「その『よっちゃんさん』てえのはヤメなよ。ふつうによっちゃんでいい」

「はあ」

「あんたはナニちゃんだっけな。顔はちょくちょく見かけてるけど、こうやってゆっくり話すのは初めてだよな」

「矢ヶ崎といいます」

「ヤガサキ？　あんまり聞かねえ苗字《みようじ》だな。じゃ、やっちゃんでいいやな。よろしくな、やっちゃん」

老人は、カサカサにひびわれ、爪《つめ》に泥が詰まった右手を差し出して、握手を求めてきた。矢ヶ崎はちょっと戸惑ったが、その手を握り返した。

「さてと、やっちゃんよ、あんたの質問だが、おれは画家じゃない。趣味で絵を描いていたんだが、本業はキャメラマンよ。社員じゃなかったが、新聞社や雑誌社と契約して、いろんな写真を撮っていた」

「カメラマンだったんですか」

「カメラマンじゃねえよ、キャメラマンだよ」

老人は、矢ヶ崎の発音を訂正した。

「キャメラマンにはカメラマンにはないプライドってえものがあるのさ。プライドのレベルが違うんだ。プロ意識が違うんだ」

「はあ」

「ところがな、どんな商売でもそうだが、三十、四十のうちにその業界でしっかりとした地位を築いておかないと、年を食ったら世間から置き去りにされるのよ。そりゃそうだわな、さすがのおれもしだいにフットワークは悪くなるわ、目も悪くなってピンも甘くなるわ、オートフォーカスのキャメラに替えても、こんどはちっと寒けりゃすぐに指先が震えて画像がブレちまうわ……ははは、そりゃ仕事もなくなるわ。しかし、こんなおれにも女房子どもがいたから、家族を食わせていくには何かほかの方法を考える。そしてキャメラマンのプライドを捨て、作品の良し悪《あ》しなんかに目をつぶるカメラマンになって手を出したのが、ロリータ・ヌード写真集よ。わかるかい、ロリータっつうのは」

「わかります。幼い女の子ですね」

「そうだ。下は五歳から、上は十二歳ぐらい。どんなに年を食っても小学生どまりよ。この手の趣味を持つ連中は、いわゆる思春期っていうものに突入した女の子はもうダメなんだな。いっとくが、おれにはそういう趣味はねえよ。そういう趣味じゃねえのに、その手の写真集を作るために、いたいけな女の子の裸にレンズを向け、シャッターを切る。悲しいじゃねえの。え?」

「………」

逆に、成人した女性に異常な性欲を感じて、一目惚《ひとめぼ》れした相手をつけ回すストーカーである矢ヶ崎は、複雑な表情で老人の話に耳を傾けた。

「食うために幼い子の裸を撮るおれは最低だし、おれを雇うエロ出版社の社長も最低だし、そんな写真集を買って喜ぶ客も最低だが、いちばん最低な人間は誰だかわかるかい？　え？　娘をモデルにさせる親だよ。連中は金のために、事の善悪もわからん娘を平気で脱がせているんだ。そんなの、人の親として下《げ》の下の下だろうが。自分のことを棚に上げて言うが、下の下の下だ。しかも現場にくるんだぜ。スタジオにまで。そして、これは芸術ですよね、芸術作品ですよね、と、自分に言い聞かせるように念押しするんだ。ところが……」

笑うと人なつこくなる老人の顔が、怒りに引き締まった。

「児童ポルノの摘発で、版元の社長とおれが逮捕されたとき、連中は被害者づらして、おれを罵《ののし》った。芸術作品だと思ったら、猥褻《ひわい》な本だった、裏切られた、と、あとになって言いやがる。自分たちこそ、我が子を売り飛ばしたも同然のことをやっておきながら、だぜ」

老人は、ケッと吐き捨て、濡《ぬ》れた地面に唾《つば》を吐いた。

「そして連中が、おおげさに人権だ人権だと騒いでくれたおかげで、おれは執行猶予《しっこうゆうよ》のつかない実刑で臭いメシを食らうハメになった。おまけに、刑務所の塀の中にいる間に、女房子どもは逃げちまった。家族をさあ……あはは……家族を食わせるためにやったことなのによ」

鼻をクスンとひとつ鳴らしてから、老人は黙りこくった。

周囲のテントを雨が静かに打つ音が響いた。

「あのなあ、やっちゃんよ」

しばらくしてから、また老人が口を開いた。

「あんた、ここにあとどれぐらい住むのか知らねえが、自分のことをホームレスと呼んじゃダメだぜ。ホームレスじゃない、『宿無し』だよ。自分をだまさずに、そう呼ぶんだ。おれたちゃ、宿無しょっちゃんに、宿無しやっちゃんだ。カタカナでごまかすんじゃねえ」

ますます雨に煙《けぶ》ってゆく高層ビルの明かりを見上げながら、老人はつづけた。

「ホームレス、フリーター、ストーカー……こういう言葉は、事の本質から目を背《そむ》ける連中が作り上げた偽りの肩書きだよ」

ストーカーという言葉が出たとき、矢ヶ崎のこめかみがピクピクと動いた。

「自分のことをカメラマンじゃなくてキャメラマンと呼んで悦《えつ》に入《い》っていたおれと同じ

で、日本人ってえのはな、言葉のごまかしで人生をごまかしながら生きていく人種なんだ。そして日本人のくせに、日本語で本質を表わすことを恐れるんだな。ホームレスが宿無しでなぜ悪いんだ。フリーターは職業不定だろうが。ストーカーはなんだね。え、やっちゃんよ、ストーカーはなんて言えばいいのかね」

「さあ……」

「つきまといか？　変態尾行魔か？　まあ、そんなところだわな。しかし、そういう言葉で本質を描写するのを、怖がって避ける。弱虫だねえ、日本人は。自分たちの国の言葉をやたらと怖がるんだよ。信じられねえな。ただの道具だろうが、言葉っていうのはよ」

「……」

「おれたちゃ世間様からホームレスというきれいな呼び名で呼んでいただいている立場だけど、おれは宿無しでじゅうぶんだ。いいかい、あんたもそのうち気づくだろうよ。差別用語に敏感な人間ほど、心の中じゃ人を差別しているという事実にな。ほんとうに人を分け隔てなく見る人間は、言葉狩りなんかしねえものだ。そして、言葉にふり回されねえものだ」

老人は「貴重品」にしているタバコを一本取り出し、それに火を点《つ》けて煙を雨の中に吐き出した。

「おれはここに十年近くいるけれど、劣等感を覚えたことは一度もない。だけど、おれたちを見る世間の連中の優越感は、腐るほど感じてきた。たとえばさ、いかにホームレスの人たちが前向きに生きているかというテーマでテレビ局の連中が取材にくることはたびたびあるが、ヘドが出るな、ああいうのは」

老人は顔を歪めた。

「連中の優越感がクサイほど臭う。いいかね、やっちゃんよ。『職業に貴賤《きせん》はない』という言葉のほんとうの意味を教えてやろうか。それは、どんな職業にも立派な人格者と最低のゲス野郎がいる、ということなのさ。人権バカどもは、職業で人を差別しちゃいかんというが、そんなのは自己満足のための正義感でしかない。人間の真実というものは、職業や環境にかかわらず、どんな集団の中にも、立派な人間と、そうでない人間とが混在している、ということなんだ。教師もそうだし、警官もそうだし、坊さんもそうだし、神父や牧師もそうだ。企業の乗っ取りを仕掛けている成金連中の中にも人格の差は大いにある。その認識こそが、ほんとうの意味での平等なんだよ。金儲《かねもう》けしている連中がすべて悪だと決めつけるのは、ホームレスと呼ばれるおれたち全員を十把《じっぱ》一絡《ひとから》げに善人のように扱うのと同じことだ。わかるかい、やっちゃん」

老人はタバコの煙を、ビールケースに座る矢ヶ崎の膝のあたりに吐きかけた。

「ここに集っている連中は、いろんな事情を抱えて家を失っているわけだが、人間的にいいやつもいれば悪いやつもいる。どこの世界でも同じことなんだ。それを一面的な美しさだけで捉えてテレビで放送し、それに感動するやつらがいるのかと思うと笑っちゃうよな。じゃ、自分の会社でそれをやってみ、ってんだ。自分の会社の連中をすべて美しく描くドキュメンタリーを作ってみ、って。……なあ、そんなのありえねえだろ」

「あの、よっちゃんさんは……いえ、よっちゃんは」

聞く一方だった矢ヶ崎が、口を開いた。

「何か私に言いたいことでもあるんですか」

「あると思うかね」

「そうでなきゃ、いままでロクに話したことのない私に、こうやって声をかけてくるとは思えないんですが」

「ああ、言いたいことはあるよ」

横目で矢ヶ崎を見て、老人はうなずいた。

「なんでしょう。何を言いたいんですか」

「やっちゃんは、ずっとスーツにネクタイを締めてたよな。宿無しのおれでさえ、くせえな、と思うほど、着た切り雀《すずめ》をつづけてきた。その服装にな、あんたの弱さと、悪い意味でのプライドを感じていたんだよ。何カ月か前までは、きっとやっちゃんも、ああいう職場で働いていたんだろう？」

抜けた歯の間からタバコを抜き出すと、老人は、火のともった先端を高層ビルの明かりに向けた。

「だけど、何かの理由があって会社をおんだされた」

「理由は言いたくありません」

「聞いてねえよ」

老人は笑った。

「そしてあんたはここにきた。だがな、あんたは宿無し連中の中でも悪い部類に入っていきそうな気がするな。それを注意してやろうと思ってね」

「どういう意味ですか」

「たとえば、これよ」

老人は、前歯のない口にタバコを戻してから、片手を矢ヶ崎の尻のほうに回し、ブチッという音を立てて何かをもぎとった。

「ほれ、こんなものをいつまでもぶら下げて歩きなさんな」

老人は矢ヶ崎の手のひらに、買ってからつけたままだったコットンパンツの値札を載せた。

「誤解しないでください」

矢ヶ崎は、即座に言い返した。

「このズボンは、ちゃんと金を出して買ったものですよ。万引きなんかしたんじゃない」

「じゃ、靴はどうしたね。その靴は」

老人は、雨に汚れたぶんを差し引いても、明らかに新品ではないスニーカーを指差した。

「ずっとスーツに革靴だったあんたが、いきなり着ているものが新品になって、履いてる靴は、中途半端な使用品だ。どういうこったね」

「どうだろうと、そんなのは私の勝手じゃないですか」

「あんたがいないときに、警察がこのテント村にきたんだよ」

「警察？」

「そうさ、聞き込みでな」

「聞き込み、って？」

「すぐ近くに銭湯があるだろう。昨日そこに、スーツ姿のやたらとくせえ男がやってきた」

「…………」

「その男が、いつ出ていったのかは番台にいた婆さんも知らないらしいが、気がつくと客のひとりがセーターやらズボンやらを盗まれて大騒ぎだ。それから別の若者は靴を盗まれた。白いスニーカーをな。似たような履き物と間違えられたのかと思ったが、最終的には、鼻がひん曲がるほどくせえ革靴が銭湯の入口に残された」

矢ヶ崎の足元に目をやりながら、老人は言った。

「あんたも知ってのとおり、おれはこのテント村の長老だ。いつのまにか長老になっちまったけどな。だから何かあると、新宿署の巡査が、おれを頼りに聞き込みにくるのさ。これこれしかじかの事件があったけど心当たりはないか、ってな」

矢ヶ崎は、ごくんと喉仏《のどぼとけ》を上下させた。

「警官はこんな話もしてくれた。銭湯の盗難騒ぎの何時間か前に、ほれ、あっちにコンビニがあるだろう。あそこのコンビニに、スーツ姿のくせえ男が入ってきて、いきなり商品の香水だかなんだかを身体にふりかけて、それからパンツやらシャツやら、洗面道具を買ったとさ。ちゃんと金は払ったらしいがね。その男と、銭湯の洋服を盗んだ男が同一人物じゃないかとみているらしい。そして、コンビニの防犯カメラには、男の顔もはっきり映っていた。伸び放題の無精《ぶしょう》ヒゲをたくわえた男の顔がな……。その写真も見せられたよ。

まあ、あんたはいつのまにやらヒゲをきれいに剃《そ》っているし、着ているものも違うから、別人だとは思うがね」

「…………」

緊張で身を固くする矢ヶ崎に向かって、老人は言った。

「悪いことは言わねえ。今晩か明日朝のうちに、とっとと荷物をまとめて出ていきな。ひとりの盗人のせいで、ここにいる連中全体のイメージを悪くするのは困るんだ。ここにはたしかに人間的に感心しねえやつもいるけれど、いいやつのほうがずっと数は多いんだ。そいつらに申し訳ねえだろうが。あん？　わかったかね、やっちゃんよ」

「…………」

「これでもおれは、あんたに立ち直るチャンスを与えているんだぜ」

それだけ言い残すと、老人は短くなったタバコをくわえたままビールケースから立ち上がり、木陰《こかげ》を出て、雨の中を自分のテントに歩いて戻っていった。

その向こうに見える高層ビル群は、ますます雨に煙《けぶ》って、その姿を霞《かす》ませていた。

5

野本尚美は自宅のある緑が丘から電車に乗って、終点の大井町で降りたところにあるビジネスホテルに行き、追加料金を払ってチェックイン時刻前から部屋を使わせてもらい、そこで深い眠りについていた。

翌木曜日、尚美は仕事をするためではなく、辞表を出すために会社に行くことを決めていた。

辞表は直属の上司である津田に出すつもりはなかった。人事を管轄《かんかつ》する総務部長に出すと決めていた。

その辞表は、ホテルの部屋で寝る前にすでに書き上げていた。文面は平凡なものだった。一身上の都合により、という定型文だ。そして尚美は、アラームもかけずに眠りについた。

その眠りを、聞き慣れないケータイの着信音で破られたのは、夜の九時過ぎだった。聞き慣れないのも当然で、昨夜買ったばかりのケータイに初めてあった電話の着信だった。

新しいケータイ番号を知っている人間は限られている。通話ボタンを押すと、拓磨の声だった。

「もしもし、尚美さん？　五十嵐です。すみません、精神的に大変なときに、こんなニュースを伝えていいかどうかわからなかったんですけど、やっぱりお知らせしておいたほうがいいと思って。じつは、プライベートな画像が……」

その出だしで、尚美の心臓がキュンと縮まった。

（私の画像がネットに出た？　そうなのね）

だが、拓磨が続けたのは違っていた。

「ネットに流れてしまった例の千葉店のふたりですけど、ついさっき、郊外の雑木林《ぞうきばやし》でいっしょに首を吊《つ》っているのが発見されたそうです」

尚美の頭の奥で、キーンと金属音が鳴った。

「これに関して、本社では明日朝、定時より早い八時に全社員の集合がかかりました。社長から緊急で訓辞があるそうです。……もしもし、尚美さん、聞こえていますか。もしもし……」

野本尚美は茫然自失《ぼうぜんじしつ》の態《てい》で、ホテルの窓から外の闇《やみ》に目をやっていた。

いつのまに降り出したのか、窓ガラスには勢いよく雨粒が叩きつけられ、街明かりを白くにじませていた。

第八章　急転直下

1

水曜の午後から降り出した雨は、木曜に入っていちだんと勢いを増し、午前八時からは、まさに土砂降りという状態になった。その大雨の中、東京百貨店本社二階に設けられた大講堂において、社長・佐々木慶一郎の全社員に対する緊急の訓辞がはじまっていた。

たんなる社内不倫にとどまらず、そしてたんなる顧客リストや社内情報の流出にとどまらず、閨《ねや》での痴態をインターネットを通じて全世界に晒《さら》してしまったふたりは、ついにその恥辱に耐えられず、死を選んだ。社内の空気は重苦しかった。

本社大講堂に集まった社員のみならず、新宿本店をはじめ、東京百貨店全店舗に対しても午前八時の出社は義務づけられており、インターネット回線を通じて、すべての正社員がリアルタイムでこの訓辞を映像付きで聞いていた。

佐々木が語った内容は、火曜日にネット流出の一報が伝えられたときに、津田が企画開発部員に対して行なった注意と基本的には同じで、社外秘資料の私物パソコンへのコピーと、社内不倫を厳《げん》に戒《いまし》めたものであったが、さらに加えて、佐々木はこう言った。

「諸君、インターネットの時代では不祥事による身の破滅は、一瞬にしてやってくると心してもらいたい。そして、社員としてのモラルに反する不祥事は、決して世間に対して隠すことのできないものだと思っていただきたい。十年前なら、一百貨店の一店舗の社内不倫は、会社内でさえ一部の人間だけの秘密にとどめることができただろう。しかし現代の情報社会では、トラブルの発生元とはまったく無縁の人々のところにまで詳細な内容が届き、そして利害関係などまったくない人々から、猛烈な勢いで非難され、攻撃されることになるのだ。今回もそうだ。その結果、当事者のふたりは、悲劇的な選択肢をとる運命となってしまった。トラブル発覚から二日後の死だ。たったの二日後だよ、きみたち」

居並ぶ社員たちが咳払《せきばら》いひとつ憚《はばか》られるような長い静寂《せいじゃく》の間を置いてから、佐々木はつづけた。

「時がすべてを解決する、という言葉がある。しかし現代ネット社会では、ゆったりとした時間の流れが穏便《おんびん》な解決を生んでくれる前に、不祥事に関わった人間は即死すると思ってもらいたい。これは社会生命という意味での死だがね――即死するのだ。企業もまた、ひとつ対応を誤れば即死する。その死刑執行人は、企業の顧客であるよりも、マスコミであり、それまでその企業とはなんら関わりを持たずにきていた一般人であることが多い。利害関係抜きの人々が、ろくに正確な情報も知らされぬまま、ただストレス発散のための糾弾《きゅうだん》を行なう私刑を執行する。発音が同じで混同するかもしれないが、いま申し上げた『しけい』とは、リンチのほうの私刑だ。その危険性を、現代社会に生きる諸君たちは、肝に銘じていただきたい。

ここで私は諸君たちに明確に告げておこう。こうやって全社全店舗一斉放送を通じて語ったからには、この内容が瞬時にして外部に洩《も》れることも承知のうえで告げておこう。すでに顧客情報の流出対象となったお客さまに対しては、千葉店店長と社長の私名義で丁重なお詫《わ》び状をお送りしており、さらに千葉店店長の会見と、私からのお詫び談話を出してある。したがって顧客資料の流出においては、ひとつのケジメをつけたものと理解している。そして今回の当事者たちの悲劇的な死は、あくまで私生活の問題だ。これは、責任逃れで言っているのではない。我々東京百貨店が、一部のお客さまに対してかけた迷惑と、ふたりの死とは責任の所在を切り離して考える必要がある。率直に申し上げるが、子どもではあるまいし、社員同士の不倫における悲劇的な顛末《てんまつ》まで、社長や店長が世間に向かって頭を下げる筋合いのものではない」

佐々木の口調が、やや興奮を帯びてきた。

「いまや世間は、企業のトップになんでもかんでも頭を下げさせればいいという風潮になっている。頭を下げさせた時点で、ああスカッとした、と満足して終わりになる場合もあれば、とことん倒産するまで許さない、という過激な世論が形成されることもある。もちろん、百貨店本業にかかわる不始末であれば、私はいくらでも頭を下げることは厭《いと》わない。しかし、社長の私が頭を下げるということは、経営者としての責任を認めるということだ。社員同士の不倫についてまで、経営者が責任を認められると思うかね。私が頭を下げれば、必ず出てくるのが『東京百貨店ではもう買いません』という感情的な反発だ。そんな混乱を巻き起こして、日ごろから我が店舗をご愛顧いただいている真のお客さまにご迷惑をおかけしていいと思うかね」

佐々木は、大講堂に集まった本社社員たちをぐるりと見回した。そして、昂《たか》ぶった声のトーンを鎮《しず》めてつづけた。

「ネット時代はリンチの時代だ。だからこそ、謝罪すべき場合と、そうでない場合とを明確に区別することも経営者の責任であろうと思う。逆にいえば、個人的な不始末の尻ぬぐいを会社にしてもらえるという甘い考えは持たないでほしい。繰り返すが、ネット時代は即死を招くリンチの時代だ。だからこそ、諸君たちひとりひとりが身をきれいにして、隙《すき》のない社員であってほしいと願う。私から申し上げたいのは以上だ。なお、このあとただちに役員と本社管理職、そして各店舗の店長を交《まじ》えたテレビ会議を役員会議室で行なう」

2

大講堂での緊急全体訓示が終わり、二階のエレベーターホールは行列を作るほどの大混雑になっていた。そのため、階段を使って持ち場に戻る社員も少なくなかったが、九階に仕事場がある企画開発部員は、全員がエレベーターに乗り込むための順番待ちをしていた。その中には、野本尚美の姿もあった。

津田と尚美は、いずれも予定していた休日を返上して全体訓示の場に出ていたが、津田は幹部による緊急会議に出席するため、役員フロア直行の専用エレベーターで、すでに最上階に向かっていた。

一般社員が作るエレベーター待ちの行列の中で、五十嵐拓磨は、尚美をエスコートするようにその脇に立っていた。だが、けさはまだ尚美と直接には言葉を交わしておらず、いまも黙って付き添っているだけだった。

拓磨の目に映る尚美の顔色は青白く、まるで重病人のようだった。だが、大講堂から出てきた社員は誰もが暗い表情で無言を通していたため、尚美の沈み込んだ姿がとくに目立っていたわけではなかった。しかし、事情を知る拓磨は、いまの社長の訓辞が部長と尚美に強烈な精神的負荷《ふか》を与えたことを理解していた。だから心配で、尚美のそばに付き添っていた。

だがその拓磨も、尚美が辞表を携《たずさ》えて出社したことまでは知らない。

「いやいや、いやいや」

つぎの上りエレベーターがやってくるのを待つ行列で、尚美と拓磨の真後ろに立った土屋賢三が、小声で独り言のようにつぶやいた。

「社長さんも、なかなか割り切った判断をなさいますなあ。子どもじゃないんだから社員同士の不倫についてまでは責任とれないと……。な〜るほど、なるほどなるほど、たしかに立派なご見識《けんしき》。しかし、こう言っちゃナンだが、千葉店のふたりは、社長からみれば無名の下《した》っ端《ぱ》社員ですわな。そういう連中はトカゲのシッポのように切り捨てられても、社長が目をかけているエリート社員が同じことをしでかしたら、どうなりますかねえ。はたして個人的な問題というだけで済まされますかねえ」

後ろからそんな言葉をささやかれた尚美は、身をこわばらせた。そして、彼女の脇に付き添っていた拓磨は、怒りの形相で土屋をふり向いた。いまにも相手の胸ぐらをつかむような勢いで。

しかしそのとき、土屋の横から、やはり小声でささやく女性の声がした。

「土屋さんもエリート社員だから、心配ですよね」

「なに?」

土屋が横を向いた。

声の主は、入社二年目の川村智子だった。

「おまえ、いまなんて言った」

詰問《きつもん》された智子は、土屋とは目を合わせず、前に立つ尚美の背中を見つめたまま、少し震える小声で短く言い添えた。

「部長のケータイ」

土屋は目をむいて智子の横顔を睨《にら》みつけた。

3

役員と本社管理職、全店舗の店長に招集をかけた社長の緊急会議は、各店舗の開店時刻となる十時を過ぎてもつづいていた。全社員への訓辞では割り切った言い方をしていた社長も、幹部に対してはもっと厳しい見解を示し、具体的な再発防止策などを協議しているのかもしれない、と席に戻った拓磨は、激しく窓に叩《たた》きつける雨を見ながらぼんやりと想像していた。

雨はさらに激しさを増し、風も強まってきて、台風並みの勢いになっていた。朝の十時なのに、外は夕暮れどきのように暗く、オフィスの照明が明るさを増していた。

（尚美さんからしてみれば、社長の訓辞は、不倫が表沙汰《おもてざた》にならないうちに辞めろと言っているように聞こえただろうな）

拓磨は、窓ガラスに映る自分自身の姿をじっと見つめながら考えた。

（尚美さんの性格からすれば、いつ辞表を出してもおかしくない。そうなったら、ぼくはどうすればいいのか）

拓磨は外の光景からオフィスの中に目を転じた。尚美は席にはいなかった。ホワイトボードに行き先も書いていないから、どこにいるのかもわからない。

と、そのとき、川村智子と目が合った。

エレベーター待ちのときに智子が土屋に繰り出した攻撃は、彼女と尚美の会話を知らない拓磨にとっては意表を衝《つ》いたものだった。そして、智子の皮肉を効かせた言葉から、土屋が津田部長のケータイを無断で盗み見ているのを察した。それで初めて拓磨は、日ごろから土屋が部長や尚美を辛辣《しんらつ》に批判しているのは、ある程度証拠をつかんだうえでやっているのだと知った。その証拠入手の不正なやり口を、智子に見られていたのだ。

拓磨と目が合った智子は、何かを語りたそうにしていた。一瞬だけ智子の視線が、憮然《ぶぜん》とした表情でデスクワークをしている土屋に向けられ、また拓磨のほうに戻ってきた。土屋さんのことで話があるんですけど、と、目の表情が物語っていた。

拓磨は、それに応じる形で軽くうなずいた。そして、ふたりだけで話せる場所に移動しようかと思ったとき、ケータイが鳴った。

液晶画面には、尚美の新しい番号が出ていた。

「もしもし」

自分を見つめる川村智子と目を合わせたまま、拓磨はケータイに出た。

「拓磨君、いま席、はずせる?」

「ええ、大丈夫ですけど」

尚美さんはどこに、と言いかけて、土屋や智子の耳を意識し、拓磨は漠然とした言い方に変えた。

「どこに行けばいいですか」

「八階の第四会議室。すぐにきて」

「わかりました」

ケータイを切ると、拓磨はホワイトボードに歩み寄り「打ち合わせ　第四会議室」と記してから、ワンフロア下の八階に向かった。

階段を小走りに駆け下りながら、拓磨は考えた。

（尚美さんは、何をぼくに話したいんだろう）

たぶん、社長の訓辞を受けて、ますます辞意を固くしたということを伝えたいのだと考えた。拓磨は、尚美が突拍子《とっぴょうし》もない行動に出ようとしているとは、まったく想像もしていなかった。


八階には、会議室が七つほど並んでいる。おたがいの会議内容が聞こえないように、壁や天井には防音設備がほどこされていた。放送局のスタジオのような完璧《かんぺき》な音の密室にはならないが、社外の人間も参加する会議もたびたび開かれる環境では、こうした対応は必要不可欠なものだった。

尚美が指定した第四会議室は、七つある会議室の中では最も小さな部屋だった。そのドアに「使用中」の表示が出ているのを見てから、拓磨はノックをして声をかけた。

「五十嵐です。入っていいですか」

「どうぞ」

中から尚美の声がした。

ドアを開けた拓磨は、尚美の恰好《かっこう》を見て、理解不能といった顔で眉《まゆ》をひそめた。

全体訓辞に出ていたときにはビジネススーツ姿だった尚美が、会議室の中でレインコートを着て立っていた。それも通勤用に着てくるにはあまりにも派手な、真っ赤なレインコートだった。その表面は、雨水でびっしょりと濡《ぬ》れていた。

「外に、出てきたんですか」

「ううん、これは会社にくるときに濡れたままの状態」

「じゃ、これからどこかに出かけるんですか」

「いいえ、社内にいるわ」

「じゃ、なぜレインコートなんかを」

「いまから説明するわ。その前にドアを閉めて、こっちにきて」

拓磨が会議室のドアを閉めて中に入ってくると、尚美は拓磨を奥の窓際に行かせ、自分は出入口に近いほうへと位置を変えた。それから、拓磨に窓のブラインドを下ろすように指示した。

いぶかしく思いながらも、拓磨は滝のように雨水が流れ落ちる窓にブラインドを下ろし、外の情景をさえぎった。そして尚美のほうをふり返った拓磨は、呆気《あっけ》にとられ、口をポカンと開けたまま棒立ちになった。

尚美は、レインコートのボタンをすべてはずし、前をはだけていた。その下には、何も身につけていなかった。

4

大雨の日の新宿地下街は、いつも以上に人の流れが密だった。この地下道に出入口を持つデパートは、風雨の影響を大きく受けることはない。新宿駅に着いた買い物客は、地下道を通れば、一度も傘を差す必要なく店舗に入ってこられるからだ。

だから、こうした悪天候の日は、一階の正面入口よりも地下から入ってくる客のほうが数を増す。その中に、矢ヶ崎則男の姿があった。

前夜、新宿中央公園テント村の長老格である、よっちゃんという老人から、近くの銭湯で発生した衣類窃盗事件の犯人がホームレスの間に潜んでいると警察がみなして捜査しているのを知らされ、矢ヶ崎は昨晩のうちにテント村を逃げ出した。ワンタッチ式の小型ドームテントを撤収することもせずに、着の身着のままで逃げた。持参しているのは、二万数千円残っている現金と、ほぼ同額の残高がある尚美のケータイだけだった。

あれだけ本人を怖がらせ、怒らせたのだから、尚美のケータイは、また機能を止められたに違いないと思っていたが、意外にもまだ使える状態だった。そこで矢ヶ崎は、新宿駅構内のコンビニで夜食として牛乳と菓子パンを買っておサイフケータイで支払い、そのまま地下道で一夜を過ごした。

しかし、いまの彼は、尚美のケータイをサイフ以外の目的で使う意思をなくしていた。包丁を持って「逆ギレ」した尚美の形相が恐ろしく、それまで彼女に抱いていた性的な欲望がいっぺんに萎《な》えてしまったのだ。


多くのストーカーと同じように、矢ヶ崎は、狙《ねら》った女性の外見に惹《ひ》かれるだけでなく、自分のつきまとい行為に対して、相手が怯《おび》えまくる様子が楽しいのだった。そこに弱々しい女性の魅力を感じ、また相対的に自分のパワーを感じて自信を持つのだった。矢ヶ崎にとって、女とはか弱い存在であってこそ、性的な刺激をそそるのだった。

ところが真夜中に侵入したときの尚美の反応は、矢ヶ崎の想像をまったく超えたものだった。よもや、本気の殺意をもって逆襲に転じられるとは、思ってもみなかった。

ほうほうの体《てい》で尚美のマンションの中庭から脱出したあと、電車がない時間帯だったので、矢ヶ崎はひたすら遠くへと走った。もしも深夜巡回の警察官と出会ったら、職務質問されるのは間違いない怪しさだったが、幸いにも、そうした目には遭わないまま、気がつくと、東横線と大井町線が合流する自由が丘の駅のそばまできていた。交番があるロータリー側は避け、街路樹が植えられた一般車両通行禁止の道路に置かれたベンチにへたり込むと、矢ヶ崎は上がった息を整えながら、渋谷経由で新宿方面へと戻る電車を待つことにした。

そして待っている間、改めて尚美のケータイに保存された彼女の淫《みだ》らな裸身を見たり、猥褻《わいせつ》な表現がちりばめられたメールを読んだり、官能の叫びを収めたボイスメモを聞いたりした。だが、矢ヶ崎の下半身は萎えたままだった。まったく興奮が呼び起こされなかった。

本来ならば性的な刺激に充ち満《み》ちているはずの、それらのデータを見聞きしても、矢ヶ崎の頭から離れないのは、包丁を手にした尚美の般若《はんにゃ》の形相《ぎょうそう》だった。

(強い女はダメだ。男に逆らうような女とは、つきあっても不愉快な思いをするばかりだ。とくに最悪だな、この女は。おれを殺そうとしやがって)

尚美のヌード画像を見る矢ヶ崎の顔には、もはや嫌悪と憎悪の表情が浮かんでいた。そして矢ヶ崎は、シャンパンゴールドのケータイを、このままベンチに置いていこうかとさえ思った。それぐらい野本尚美に幻滅していた。

だが、そうしなかったのは、おサイフケータイの残高の魅力と、相手が止めるまでは便利な通信手段として使えるからだった。さらに、回線を止められておサイフケータイが使えなくなったとしても、公衆電話を通じて津田を脅迫する手口はまだ残っており、尚美よりも津田を脅して金を巻き上げるという作戦に切り換えるならば、尚美のケータイは、まだまだ貴重な切り札としてとっておくべきだったからだ。

そして矢ヶ崎は、水曜日の夜明けに東横線《とうよこせん》の始発とJRを乗り継いで渋谷から新宿へと戻ってきたが、夕方になってよっちゃんから警告を受け、あわててテント村を去った。できるだけ早いうちに新宿を離れる必要に、矢ヶ崎は追い込まれていた。


木曜日の朝十時ごろ、矢ヶ崎はこれといった行動計画のないまま、新宿の地下道からとりあえずいったん地上に出ようとしたが、強い風を伴う猛烈な土砂降りに煙る街並みを見て、また地下に引き返した。そして、今後の拠点を池袋《いけぶくろ》にするか、上野《うえの》にするかと考えながら歩いているうちに、自然と足は東京百貨店・新宿本店の地下入口へと向いていた。

昨日、偶然目にした食品売り場の素晴らしさがまぶたに焼きついて離れなかったのだ。

ただのデパ地下ではない、高級ホテルを連想させるレイアウトは、そこに並んでいる食品を実態以上に豪華にみせる役割を果たしていた。

（うまいものが食いたい）

警察に追われる立場になったいま、これから先の不安を打ち消すには、思うぞんぶん食欲を満たすことがいちばんの方法だった。昨日のように、試食品をつまみ歩く程度では満足できなかった。

ゴージャスな装いの地下食品売り場に入った矢ヶ崎は、昨日の「探検」で売り場の配置を把握《はあく》していたので、そのまま真っ直ぐ洋食総菜の専門店へと向かった。そこにとびきりうまそうなローストビーフ弁当が売られているのを彼は覚えていた。コンビニなどでは絶対に買えない豪華なものだった。

地上は台風並みの天気だというのに、そして、まだ朝の十時過ぎだというのに、地下の食品売り場は早くも混雑の様相を呈《てい》していた。閉店時刻まぎわのタイムサービスは、どこのデパートでもどこのスーパーでもやっていることだったが、この新宿本店では、野本尚美のアイデアにより、開店時刻から一時間限定の「モーニングフレッシュサービス」と銘《めい》打《う》った割引サービスも展開していた。それが開店早々からの客の流れを呼び込んでいた。

その混雑が、矢ヶ崎にひとつの誘惑をもたらした。

（これだけ人混《ひとご》みがすごければ、ローストビーフ弁当のひとつぐらい、万引きしたってバレるわけないだろう）

矢ヶ崎は平然と弁当を取り上げ、平然とその場を離れた。地下食品売り場のテナント部分は各店舗での支払いとなっているため、その近くを離れてしまえば、他店舗の従業員の注意は惹かないだろうという計算が矢ヶ崎にはあった。

しかし、やはり彼の計算はバランスが崩れていた。一昨日《おととい》せっかくコンビニで買った青いビニール袋もすべてテントの中に置いてきてしまっていたから、万引きしたローストビーフ弁当を隠す入れ物もなく、むき出しのまま持って移動することになった。そして、ふたたび地下道へ戻ろうとしたときに、腕章《わんしょう》などを巻かず私服で警戒にあたっていたスタッフに呼び止められた。

そのとき「レジの場所がわからなかった」などと言い訳をして代金を払えば、まだお目こぼしの余地もあったかもしれない。だが、矢ヶ崎は反射的に人混みに紛《まぎ》れて逃げ出そうとした。

その瞬間、不運なことに、混雑した中でほかの客にスニーカーのかかとを踏んづけられ、他人の履き物のわりにはピッタリしていたはずのそれが脱げかかった。

完全に脱げてしまえば、まだよかったが、右足のかかとだけが脱げた状態になったため思うように走れず、あっというまにスタッフに追いつかれ、腕をつかまれて動けなくなった。

「放してくれ！」

万引きしたローストビーフ弁当を通路にほうりだし、矢ヶ崎は叫んだ。

「おれは何もしていない。放してくれよ！」

5

「尚美さん、何をするんですか」

拓磨は、会議室の窓を背負う形で凍りついた。しかし尚美は、真っ赤なレインコートの前を両手で左右に広げると、包んでいた裸身を晒しながら、一歩、二歩と拓磨のほうへ近寄った。すでに彼女は靴も脱いでいた。

「ダメですよ、そんなこと……こんなところで」

拓磨は逆に後じさりしたが、ジャランと背中でブラインドが音を立てたところで、それ以上さがれなくなった。

「誤解しないで、拓磨君。あなたに抱いてほしいと言っているわけじゃないの」

「じゃ……何なんですか」

「私、もう限界。隠しておくのが限界」

レインコートの前をはだけたまま、尚美は涙ぐんでいた。

「部長とのこと、ですか」

「それだけじゃないわ。私の裸の写真が他人の手に渡って、いつインターネットに載せられてしまうかわからない——そんな状況を隠して、怯えながら人生最悪の日がくるのを待っているのが、もう精神的に限界なの」

「だから言ったじゃないですか、盗《と》られたケータイを止めなきゃダメだって」

「ううん、止めないわ。私、バカな自分を罰しないと気が済まないの。ケータイの中に入っている自分は大っきらい。その自分にとことん罰を与えないと、私の気持ちが収まらない。でも……怖い。自分の恥ずかしい姿が、私を知っている人だけでなく、私を知らない人にまで見られてしまう日がくるのが怖い」

「あたりまえですよ。怖いに決まってるじゃないですか」

拓磨は力を込めて言った。

「だから、ケータイを止めないとダメなんです」

「だから、先にこうするの」

「こうするの、って？」

「裸の写真をインターネットに晒される前に、社内のみんなに、自分から進み出て裸を見てもらうのよ。それができれば、この先、自分を待ちかまえている運命が、少しは怖くなると思う」

「バカなこと言わないでください！」

「私、さっきの社長の話を聞いていて、その場に倒れなかったのが不思議なぐらい。あれは、ぜんぶ私のことを言ってるのよ。社長は、もう気づいているんだわ、私と部長の関係を。関係だけじゃなくて、どんなに淫らなやりとりをメールでしているのかも知っている。けさの全体訓示は、私と部長に対する皮肉なのよ。おまえらのやっていることは、ぜんぶわかっている。つぎは、おまえらが心中《しんじゅう》する番だぞって」

「なに言ってるんですか！　もしそうだとしたら、社長が尚美さんをプロジェクトのチーフに抜擢《ばってき》するわけがないでしょう」

拓磨は、尚美が明らかに正常な精神状態を失っていると思った。完全に被害妄想に陥っていると……。

「だけど、さっきの土屋さんの言葉を聞いたでしょう。エレベーターを待っているとき、独り言のようにみせて、私に聞かせた言葉を」

尚美は虚《うつ》ろな声で言い返した。

「そして、智ちゃんがやり返してくれたのも見たでしょう。土屋さんは、部長のケータイを勝手に見ていたのよ。智ちゃんがそれを目撃して、私に教えてくれたの。だから土屋さんは、私と部長のことをぜんぶ知っている。メールは絶対に読まれてるわ。専務派の土屋さんは、それを渡辺専務に報告しているかもしれない。そして専務は、私を新しいプロジェクトのチーフに大抜擢した社長に、ご注進という顔で言いつけているかもしれない。……かも、じゃなくて、絶対にそうよ。だから社長は、私と部長を今夜食事に招いた。それは激励とか慰労の意味じゃなくて、私と部長の関係を問い質すためなのよ」

そこまで言われてしまうと、拓磨も、尚美の言っていることを百パーセントの妄想とも決めつけられなくなった。会議室にくる直前に、智子から意味ありげな視線のメッセージを送られてきたことも、尚美の言い分を補強した。

「とにかく尚美さん、裸で社内を歩くことだけはやめてください」

拓磨は、できるだけ尚美の顔だけに視線を注ぎ、ほかの部分は見ないようにして言った。

「尚美さんにとっては意味のある行動でも、他人はまともに受け取りませんよ。レインコート一枚だけ着て、下には何も身につけない姿で社内を歩き回ったら、尚美さんにどういう烙印《らくいん》が押されるか、わからないんですか」

「真っ赤なレインコート一枚だけ着て、じゃないのよ、拓磨君。こういう恰好で、いまから会議室を出るわ」

尚美は、唯一の着衣をスルッと床に脱ぎ捨てた。

拓磨は、もう手に負えないと思った。やっぱり尚美は正常ではなかった。そして、男の自分と全裸の尚美とがふたりきりで狭い会議室にいるところを第三者に見られたら、どのような弁解をしても、あらぬ噂が社内に一気に広まってしまう。

拓磨は窓際から離れ、尚美の足元に落ちたレインコートを拾い上げると、彼女の身体《からだ》に急いでかけた。

「とりあえずもう一回、これをちゃんと着て。前のボタンも留めてください。それから、脱いだ服はどこにあるんです」

しかし尚美は、拓磨の問いかけに返事をせず、両肩にかけられたレインコートをまた払い落とし、ふたたび裸身を晒した。

「だめですって、尚美さん」

拓磨がまたレインコートを拾い上げて尚美の身体にかけ、こんどは拓磨自身の手で強引にボタンを留めた。そのさいに、はずみで彼の手が尚美の乳房にふれた。拓磨はあせって真っ赤になった。だが尚美は、まったく無反応だった。

「とにかく、ここに座って」

拓磨は椅子《いす》を引き、そこに強引に尚美を腰掛けさせた。それから会議室の電話を取り上げ、川村智子を内線で呼び出した。

「川村、大至急、第四会議室に下りてきてくれ。頼みたいことがあるんだ」

すると、智子が言った。

「私もそっちに電話を入れようとしていたところです。もしかして、尚美さん、そこですか」

「そうだよ」

「電話、替われます?」

「替われる状況じゃないんだけどな」

「というと?」

「なぜかは、自分の目で見にきてほしい。智子を呼んだのは、それなんだけど」

「意味がよくわからないんですけど」

「よくわからなくても、きてくれ。いますぐにだ」

「わかりましたけど、尚美さんがいるなら伝えてください。たったいま新宿本店の警備室から連絡があって、尚美さんのケータイを拾った男が、地下でお弁当を万引きしたところをつかまったそうなんです」

「なに！」

「確認のために尚美さんにすぐきてもらいたいという連絡です。いま、津田部長も緊急会議が終わって戻ってきたところで、この知らせを受けて、本店に向かいました」

「じゃ、おれが尚美さんの代わりにいく」

「五十嵐さんが？」

「部長だけ行かせちゃダメだ。おれも行かないと……。でも、尚美さんをひとりにはしておけない。だから大至急、第四会議室まできてくれ。飛んでこい！」

受話器を置いた拓磨は、椅子に座って虚ろな視線を泳がせている尚美に向かって叫んだ。

「尚美さん、つかまりましたよ、矢ヶ崎が！」

「え？」

事態を飲み込めない尚美は、拓磨にゆっくり向き直ると、小さな声できき返した。

「矢ヶ崎が、つかまった？」

「そうです。本店の地下で、弁当を万引きしたところを」

そこまで話したとき、会議室のドアがノックされ、川村智子が顔を覗《のぞ》かせた。

智子は、真っ赤なレインコートを着て座っている尚美の、明らかに通常ではない顔つきを見て驚きの表情を浮かべたが、質問をする前に拓磨が畳み込んだ。

「おまえの仕事は、尚美さんに服を着せることだ。どこにあるのかをきいて、女子更衣室だったら、そこまで尚美さんといっしょに行ってくれ」

「服って？　どういうことですか」

戸惑う智子に、拓磨は歩み寄ってささやいた。

「尚美さんは、レインコートの下には何も着ていない」

「えぇっ？」

「細かい説明は後回しだ。とにかく、おれは本店警備室に行く。あとはたのんだぞ」

拓磨は智子を尚美のほうへ押し出すと、第四会議室を飛び出した。

6

東京百貨店の本社ビルと新宿本店とは徒歩五分、走れば一分ちょっとで着く距離だったが、ふたつの建物を結ぶ地下道はない。だから津田は台風並みの暴風雨の中を、傘も差さずにずぶ濡れになって走った。

水曜が休みで、木曜が朝から緊急会議の連続だったため、津田は、火曜日の夜に矢ヶ崎が自分をたずねて本店にきたことも、それを知った尚美が警備員とともに防犯カメラをチェックし、ケータイ紛失の顚末をざっと話したうえで、こんど同じ男がきたら知らせてほしいと頼んでいたことも、まったく知らなかった。

智子から替わって本店警備室からの電話に出て、津田は初めてその状況を把握した。

「つかまえた男は矢ヶ崎則男と名乗っていますが……」

電話口で、警備主任が津田に語った。

「身分を証明するようなものを何も持っていません。携帯電話がひとつと、二万数千円の現金だけです。携帯電話は、そちらの部署の野本尚美さんがこの男に盗られたものだと届け出ているものと一致します。ちなみに男は、自分はホームレスだと言っています」

「ホームレス？」

津田はおもわず声高に問い返した。

「その男がホームレスだって？」

「そうです。満足に日々の食事もできない暮らしだったから、ついうまそうな弁当に手が出てしまったんだと。そして、自分を万引きで逮捕して警察に突き出すのは、ホームレスに対する人権侵害だ、東京百貨店には人権の意識がないのか、などとほざいています。二万いくらもキャッシュを持っていて、そんな勝手な言い分が通用するはずもありませんが」

「わかった。すぐに行く。野本君には連絡せんでいいぞ。上司の私がその男に会ったほうがいい。それから警察への通報も、まだ控えていてくれ」

電話を切ると、津田は血相を変えて雨の中へ飛び出した。

矢ヶ崎則男は尚美のケータイを持っている。そしてそこには、他人に見られてはならない数々の保存データとともに、火曜日の夜九時少し前に、津田から機能復旧の連絡を入れた着信記録が残っているはずである。ケータイそのものは、尚美に返さざるを得ないにしても、その記録だけはどうしても消しておきたかった。

それだけではない。矢ヶ崎になんとか交換条件を持ち出して、機能復旧の件を黙らせなければならない。それにはどうすればよいか。土砂降りの中を本店めざして走りながら、津田は考えた。

（そうか、矢ヶ崎はホームレスか……。どうりで公衆電話を使うわけだ。ほんとうに彼がホームレスだったら、データのコピーをとる手段などないはずだから、尚美のケータイさえ取り返せば安心だ）

それが作戦の決め手になった。

（警備の連中に席を外させて、矢ヶ崎とふたりきりになり、警察に突き出さずに解放する条件を交渉しよう。条件はこうだ。一、尚美のケータイを返すこと。二、今後一切ケータイの件でおれや尚美を脅迫しないこと。三、ケータイに入っていたものの内容を絶対に口外しないこと——その三条件を確約させた誓約書をとるんだ。そして警備スタッフには、千葉店での心中騒動がある折《おり》、ヘタに人権派弁護士などがついて、また新たな騒ぎになったら、ますますウチのイメージを損ねることになると言って、警察沙汰にはせずに矢ヶ崎を解放する。そして、尚美にケータイを返す前に、おれからの着信履歴は消しておく。これでいい、これで万事解決だ）

戦略を決めると、津田は走りながら上着を脱ぎ、これ以上ずぶ濡れにならないために、それを傘代わりに頭にかぶった。そして、豪雨が織りなす銀色の紗幕《しゃまく》をかき分けるようにして、新宿本店の建物に向かって走るスピードを上げた。

7

津田が本社ビルを出てからおよそ五分後に、五十嵐拓磨も雨の中へ飛び出した。だが、津田と違っていたのは、拓磨は傘を差していることだった。

一刻も早く尚美のケータイに残された通話記録を消そうとする津田とは違い、拓磨は精神的に焦ってはいなかった。急いではいたが、焦りはなかった。だから本社ビルの一階まで降りたところで外の様子を見ると、この暴風雨の中で傘も差さずに飛び出したら、本店に着くころにはプールに飛び込んだような恰好になるだろうと想像してみる余裕があった。だが九階まで傘を取りに戻る時間は惜しかったので、拓磨は守衛室に常備してある透明のビニール傘を急いで借りに行き、それを広げて本店に向かった。夜間通用口のあるビルの脇から出たので、津田とは別コースで本店に向かうことになったが、どこで曲がるかの違いだけで距離に差はなかった。

雨を避けるための傘が、強風のもとでは逆効果だったので、拓磨は傘を半分すぼめて走った。本店の社員通用口から建物の中に駆け込んだとき、ズボンと靴はぐしょぐしょに濡れ、上着もだいぶ濡れていたが、顔や髪の毛はまともだった。そして拓磨は、息を切らして警備室に向かい、複数の警備員に取り囲まれて椅子に座っている男と相対した。

男も入ってきた拓磨を見た。そして口を開いた。

「おたくが津田さん？　そんなに若いワケないな」

拓磨はそれに答えず、警備員にたずねた。

「津田部長は?」

「まだみえていません」

若い警備員が答えた。

「すぐこられるということで、我々も待っているところなんですが」

「尚美さんの……野本さんのケータイは?」

「取り上げてありますよ。これですね」

火曜日の夜に尚美といっしょに防犯カメラをチェックしたベテランの警備主任が、シャンパンゴールドのケータイをかざした。

「貸してください。それで野本さんに連絡をとります」

拓磨はそのケータイを受け取り、尚美の新しいケータイ番号を押しはじめた。機能はロックされていなかった。

数字を押し終えると、拓磨はケータイを耳に当て、自分を上目遣いに睨んでくる矢ヶ崎を睨み返しながら、尚美が応答するのを待った。川村智子がきちんと役目を果たしてくれていれば、いまごろ尚美は衣服を身につけ、そして新しいケータイも手元にあるはずだった。

コール音が十回を過ぎたところで、尚美が出た。

「……もしもし」

尚美の声は怯《おび》えていた。そして、それだけしか言わなかった。

自分の新しいケータイに、自分の古いケータイ番号から着信があったため、尚美はそれを矢ヶ崎からの連絡かもしれないと、まだ疑っている様子だった。

「尚美さん、ぼくです。拓磨です」

拓磨は、尚美を勇気づけるように明るい声を出した。

「ケータイを取り戻しましたよ。いま、ぼくの手の中にしっかりとあります」

8

同じころ、雨水を滴《したた》らせた傘をビニール袋に突っ込みながら、新宿本店の正面入口から店内に入ってきた男性客が、興奮した口調で案内係の男性に叫んだ。

「すぐそこで人が轢《ひ》かれたぞ！　ちょうど見てたんだ。信号が赤に変わったのに、ものすごい勢いで交差点に駆け込んできたヤツがいてさ。背広を雨よけにかぶってたから周りが見えなかったんだろうな。トラックにバーン、だよ。撥《は》ねとばされたんなら、まだよかったかもしれないけど、そのままタイヤの下に巻き込まれちまってさ。おれ、見たけどすげえや。あれじゃ助かりっこない。即死だよ、即死。もしかして、ここに買い物にきた客じゃねえのか？」

その言葉に、「案内」という腕章を巻いた年配の男性社員は、インフォメーションセンターで傘を借り、目の前にある交差点に急いだ。

横殴りの雨の中、デパートに並行した車両の流れが、信号が青になっているにもかかわらず止まっていた。横断歩道のところで急停止した大型トラックの真下に、ワイシャツにズボン姿の男が悲惨な形で巻き込まれているのが案内係の目に入った。

その男の身体から真っ赤な血液が広がり、トラックの下から外へと赤い流れがはみ出していた。その血の流れは、天から猛烈な勢いで降り注ぐ雨粒といっしょに宙に跳ね返され、周囲に赤い飛沫《しぶき》を撒《ま》き散らしていた。

少し離れたところに、その男が傘代わりにかぶっていた背広がほうり出され、雨に打たれていた。その襟についているバッジを見て、案内係の顔色が変わった。彼が勤務する、東京百貨店の社章だった。

エピローグ

　火曜日の午後、野本尚美は、もしもお天気がこんなによくなかったら、自分の人生が破滅に追い込まれることはなかったのに、と春の陽気を怨《うら》んだ。

　だが、木曜日の朝、野本尚美は春の嵐《あらし》に救われた。もしも新宿一帯を台風並みの暴風雨が襲わなければ、矢ヶ崎則男は新宿の地下道を通らず、デパ地下の魅力を思い出すこともなく、尚美のケータイを持ったまま、池袋か上野に移動していたかもしれなかった。

　また、ここまで猛烈な土砂降りでなければ、自分の保身を優先する津田が交通事故に遭うこともなく、拓磨よりも先に警備室に着き、せっかく万引き行為で捕らえた矢ヶ崎を、ふたたび野に放つ愚《ぐ》を犯すことになっていた。

　人生は不思議なものだった。素晴らしい晴天が尚美に不運をもたらし、凄《すさ》まじい悪天候が絶望のどん底にいた尚美を救った。

　ケータイに収められた禁断のデータも、どこにも流出されることがないまま、尚美の手元に戻ってきた。それを脳内の記憶に留《とど》めていたふたりの男のうち、ひとりは死亡し、ひとりの身柄は警察に送られた。矢ヶ崎則男は、デパ地下での万引き行為のみならず、銭湯での窃盗容疑でも逮捕された。そして、彼が以前の勤務先をストーカー行為で免職になり、借金を抱えたまま逃亡していた事実も判明した。それらすべての罪を償《つぐな》わねばならない矢ヶ崎に、尚美のことを思い出す余裕などないはずだった。

ただし、尚美を救ったのは、天候という偶然の条件だけではなかった。彼女のプロデュースした新生デパ地下の魅力が、ケータイを拾った男を尚美のフィールドに呼び戻し、そして彼の手からケータイを取り戻す役割を果たしたのだった。さらにもうひとつ、矢ヶ崎が自宅中庭に侵入したさいの、尚美の開き直った攻撃的な姿勢が、ストーカー男を気分的に萎《な》えさせた。

そうした意味では、尚美は自分の力で悲劇のネバーエンディングストーリーに終止符を打ったともいえるのだった。

しかし、彼女は同時に、東京百貨店のエリート社員というキャリアにも終止符を打つことになった。

木曜夜の社長との会食は当然中止になったが、週明けの月曜日、精神的な安定をいくらか取り戻した尚美は社長室を訪ね、佐々木慶一郎にすべてのいきさつを打ち明けた。そして、津田部長の死は私にも責任がありますと語り、辞職願を直接社長に提出した。

「じつは、きみたちふたりの関係は、さる筋から私の耳に入っていたよ」

佐々木は、尚美が推測していたとおりのことを言った。

「率直に言えば、メシを食いながら、きみたちふたりがどれほど深入りをした関係になっているのか、探る目的があったのだ。そして場合によっては、津田を企画開発部の部長職から動かすつもりもあった。きみと津田のどちらをとるかといえば、きみのほうだった。しかし……」

尚美が提出した辞職願の封筒を片手で取り上げると、佐々木は言った。

「ふたりとも失うことになるのは、まことに惜しい結果だ。だが、一連の事情をきみから聞かされたいま、社長として、私はきみを引き留めるわけにはいかない。そこのところを理解してくれたまえ。この辞表は、たしかに受け取ったよ」

辞表を預かる、という言い回しではなく、佐々木は明確に、辞表を受け取った、と言った。慰留はしない、というメッセージだった。社長の顔に、笑顔はまったくなかった。

ドライといえばドライな判断だったが、尚美に後悔はなかった。引き留めてもらおうと思って出した辞職願ではないからだった。それに、木曜日の朝に行なわれた緊急社長訓辞が、明らかに津田と尚美を意識した警告であることもハッキリした以上、そうしたやり方をする社長のもとで働く気にもならなかった。

豪放磊落《ごうほうらいらく》なキャラクターは、東京百貨店社長・佐々木慶一郎の一面でしかなかったのだ。

尚美の退職は、辞職願を出したその日付けになった。


その夜――

尚美は五十嵐拓磨と川村智子を招いて、三人で食事をした。

智子は、尚美から「会社を辞めた」と過去形で聞かされて涙を流した。

拓磨は、「だったら、ぼくも辞めます」と息巻いた。

しかし尚美は静かに微笑《ほほえ》んで、若いふたりに向かって言った。

「あなたたちには、ほんとうに心から感謝しているわ。私を助けてくれたふたりのことは一生忘れない。でも、私の人生の失敗を、自分の人生に取り込まないで。とくに拓磨君はね」

「………」

絶句する拓磨に向かって、尚美は言い添えた。

「私は、誰も私のことを知らない人たちの中で、一からやり直したいの。その気持ちをわかって……ね」

涙を浮かべて見送るふたりと別れたあと、野本尚美はタクシーを拾って、夜の多摩川《たまがわ》べりに向かった。そしてタクシーを降りると、橋の上からシャンパンゴールドのケータイを落とした。

すでにそのケータイからはミニSDカードを取り外し、カードに収録した画像も、本体に保存したデータも、すべて消去してあった。そして、回線そのものも契約を解除してあった。

空っぽになったケータイは、水没した瞬間に、暗い川の流れに姿を消した。

尚美は、欄干《らんかん》越しにしばらく川面《かわも》を見つめていたが、それからふっと軽いため息を洩《も》らした。そこに悲しみの色合いは含まれていなかった。誤った人生を完全に清算できた安堵《あんど》の吐息《といき》だった。

◆この作品はフィクションです。実在の人物、団体等には一切関係ありません。

◆本書は二〇〇八年二月にハルキ文庫より刊行された『ケータイ紛失！』を改題し、再編集したものです。

双葉文庫

よ-10-09

ケータイをヤバい男《おとこ》に拾《ひろ》われて

2022年3月13日　第1刷発行

【著者】
吉村達也《よしむらたつや》

【発行者】
箕浦克史
【発行所】
株式会社双葉社
〒162-8540 東京都新宿区東五軒町3番28号
［電話］03-5261-4818(営業部)　03-5261-4833(編集部)
www.futabasha.co.jp(双葉社の書籍・コミックが買えます)
【印刷所】
中央精版印刷株式会社
【製本所】
中央精版印刷株式会社

【フォーマット・デザイン】
日下潤一

ISBN978-4-575-52553-3 C0193
Printed in Japan